春釀

陳司亞 著

目次

綠苗

看完鐵皮一封「限時專送」信後，我的神情一定有了某種變化。站在一旁的汪排長這樣問我：

「報告副連長，發生了什麼事嗎？」

「一位老長官病了——肝癌。」我說：「我要去看看。」

「後天不是要演習嗎？」

「我會趕回來的。」

於是，我請了一天假，坐了幾個小時的火車和汽車，又跑了四十分鐘山路，十萬火急的趕去看他——刀疤連長。

坐在火車的車廂裡，腦子裡彷彿有兩條直通通的軌道，思想順著那兩條軌道奔馳，起點就是民國三十七年。

三十七年二月，我跟鐵皮因為家鄉被中共佔據，因為我們家是地主，有了先天性的「原罪」。也沒有什麼別的地方可以投靠，兩人一商議，乾脆跑到王家口去參加國軍部隊，當個二等兵，那時的連長就是刀疤連長。

入伍的第二天，吃過早飯，我們由一位李班長帶到連長室，剛一照面，我和鐵皮就給嚇得楞住了，尤其是我，差點兒失聲叫了出來。連長三十來歲，個子橫高豎大，渾身長得有稜有角，像個石頭滾子。尤其是那張臉上，橫七豎八的全是刀疤，刀口向兩邊翻捲著，紫黑紫黑的，像是曬乾了的淡菜。就是因為這個，大夥兒不管人前人後，都管他叫「刀疤連長」。不過這並沒有一點兒藐視或不尊敬的意思。

「你叫什麼名字？」他朝鐵皮望了一眼。

「黃立本。」

「你呢？」他的目光又轉向我。

「張——耀——中。」我的舌頭彷彿突然大了，只覺得搬動不靈，吐字不清。

「幾歲？」

「十八。」我怕不夠料，多報了兩歲。

「你能打仗？你不怕死？」像審案子，刀疤連長直瞪我。

我傻住了，也不曉得怎麼回答是好了。沒想到當兵還要打仗，而且還要不怕死。

「成！」鐵皮替我回答了：「他雖然很年輕，卻很有種。」

就這樣，我被留了下來，不過一出連長室，我就開始後悔了。

「為什麼呢？」鐵皮問我：「我們不是說好了來當兵的嗎？」

「我很怕，」我說的是老實話：「我很怕『刀疤連長』，跟閻羅王似的。」

「他呀，比閻羅王還要厲害幾分。」李班長接了過去：「馬蹄彎一場血戰，他一個人用刺刀就戮死了幾個敵人！」

我伸了伸舌頭。

「他自己呢？難道是『小刀會』出身——刀槍不入嗎？」鐵皮問。

「誰說的！其實『小刀會』有卵用，又不是什麼銅頭鐵腦袋。」李班長說：「你們沒瞧著嗎？他那張臉上說挨過兩三刀！要不然，大夥兒怎麼會叫他『刀疤連長』呢？」

「哦！」聽李班長這一說，我的心裡更加發毛了。我想：成天跟閻王在一起，那不等於兩隻腳已經踏進了鬼門關！

「現在也沒有什麼地方好去，暫時先待下來，」大概鐵皮心裡也有點兒嘀咕了，待李班長走後，跟我說：「到有機會咱們就開小差。」

「開小差？」我不解的問：「開小差是幹嘛？」

「真是小傻鳥！」他壓低了嗓門兒：「開小差呀，就是不聲不響的溜掉。」

「就這樣走不可以嗎？」我更加胡塗了。

「你不懂，因為我們已經補上名字了，就不能隨隨便便的走啦。不然，被抓著的話，就要槍斃的啊！」

「我的天！」我心裡暗暗叫苦，這下可真慘了！現在還有什麼好說的呢？只好待下去等機會吧。

誰知機會沒有等到，病魔卻被等到了。大約不到一個月，不曉是否因為不服水土，還是什麼原因，我病了；頭痛發燒，又瀉肚子。我以為我一定要完蛋了，跟著閻羅王當兵，已經夠不幸的了，如今再病成了這個樣子，真是倒了八輩子血楣！最使我耽心的是，假如被刀疤連長瞧見了，他心裡一煩，不把我拉出去斃了才怪。

怕鬼有鬼，終於被刀疤連長瞧見了。想不到，他不但沒有心煩，也沒有把我拉出去斃了，而且還三天兩頭的請醫官給我看病，一會兒問我要不要吃這樣，一會兒問我要不要吃那樣，噓寒問暖，跟一個慈祥的母親對待兒子似的。似乎他的面貌有多可怕，有多醜陋；他的心地也就有多可親，有多善良。經過一個多星期，我的病在醫官治療與刀疤連長的照料下終於好了。說真的，我對刀疤連長雖然衷心感激，但我還是在等機會想開小差，原因是他那面貌的可怕與心地的善良在我心目中的比重，還是扯不平。

看到刀疤連長的面貌，就會使人想起綠林響馬，山大王一類的人物；一身一臉都是標準的「老粗」。我想他帶兵打仗有一手，一旦叫他抓起筆桿子準傻眼。那知事實上並不如此，有天早點名後，我經過連長室，就看到他正在振筆疾書，我雖然對寫字外行，但是一眼也可以看出他「道行」不淺。

為了「小心火燭」，不敢久留。誰知我剛想走開，卻被他一聲叫住了。

「進來！」

我小心翼翼的走了進去，筆直筆直的站在那兒，心裡撲通撲通的直跳，像是做了什麼偷雞摸狗的事被他知道了似的。

「你唸過書嗎？」他問。

「唸過。」我點點頭。

「幾年？」

「小學畢業。」

「我怎麼從來就沒有見你看書寫字過？」他的頭一歪，眉一皺，那副「尊容」就更加夠瞧的了。

「我——我——沒有紙筆，也沒有地方。」我結結巴巴的，但總算是找出個「理由」。

「那兒有張桌子」他朝後面一噘嘴。「紙、筆、書都有，以後有空就來寫寫字，看看書；年紀輕輕的，不要成天光是混日子。」

「是。」

就這樣，以後我就成天跟刀疤連長在一起了，起初感到很彆扭，簡直是一種折磨。後來不曉從什麼時候開始的，也就慢慢適應了。

刀疤連長那兒不僅紙筆俱全，而且還有很多我從來不曾見過的書，我都一一看過；有的一知半解，有的是擀麵杖吹火——一竅不通。刀疤連長對我的功課督導很嚴，也很耐心為我講解，比一般學校裡的老師對待學生還要認真。溯本求源，二十多年後的今天，我能夠寫點東西，而且還得過幾次獎，雖然不夠成熟，但若以我的學歷來衡量一下，的確可以稱得上「難能可貴」了。如果這也算是點成就的話，則不能不歸功於當年刀疤連長的教誨了。

不久，我們和中共同樣是一個連，在搶奪界首邊界一個橋頭堡，那是南來北往的咽喉重點。經過那次接觸後，大夥兒傳說中刀疤連長的英勇武猛，我算是親眼看到了。他不僅一馬當先，身先士卒，肩膀上中了兩粒子彈，鮮血把整個衣袖濕透了，大夥兒都要求他退下去包紮包紮，他連大牙也沒咬一下，自己扯下綁腿紮了紮，照幹不誤。

「甭為我操心，」汗珠子在刀疤連長的臉上直冒，他順手抹拉一把，一面扣著扳機一面說：「革命軍人在戰場上，受點傷流點血算得了什麼！」

傍晚時分，西半天紅紅的，不知是失火還是晚霞。火舌在槍口外一閃一閃的冒著，子彈咻咻的掠過頭頂。刀疤連長卻視若無睹，指揮若定。說句不怕見笑的話，我是第一次在火線上玩槍，也是第一次置身於風紅火綠中玩命；我的呼吸有點急促，頭皮有點發麻，兩手有點發抖。我不知道別人第一次是否也是這樣。我下意識的向刀疤連長那兒挨近了些；就好像只要跟他一挨近，就多了層保障似的。

戰況愈來愈激烈了，中共發動了最後一次總攻擊，四面八方蜂擁而上，子彈像陣雨般的潑落著，連點兒也不分了。忽然，投來一個手榴彈，正好落在我伏著的壕溝裡，直冒烟，躲沒處躲，逃也沒處逃？我兩眼一閉，心想這下完了。唉！我來到世上才不過十多年，在一生中算是剛剛開始，就這樣的結束了，而且是這樣的突然；突然得連讓人回憶一下的空子也沒有。

正在「千鈞一髮」時，這真要用上那句「說時遲那時快」的成語了；刀疤連長一個虎躍，從十來步遠一下子竄到我的身旁，抓起那枚直冒濃烟的手榴彈就擲出去，剛一出手就「轟」的一聲爆開了，我這條小命算是由他從死神的手裡奪了回來。

這一仗下來，共軍竟被我們打得死傷過半，落荒而逃。從此以後，我對刀疤連長不僅敬佩得五體投地，更是視若重生父母；不要說不再想開小差了，就是有人拿棍子來攆我，我也賴著不走啦。同時對他那張橫七豎八傷痕纍纍的臉，也不再感到可憎可怕，反而覺得那上面顯現著一種奇特的、神聖的、耀人眼目的光彩。

來臺後，由於年齡較大，刀疤連長於五年前從軍中退役下來，雖然他早就官拜上校團長了，可是一些老部屬還是稱他為「刀疤連長」。他剛退下來時，有人勸他應該享享福了，不要再操勞了，他卻吹鬍子瞪眼的說：「笑話！你叫我什麼事都不做的坐以待斃呀？張岳老說的沒錯；人生七十才開始，還早得很啦！」於是，他用全部退役金買了幾甲山坡地，單槍匹馬的打起天下了。以後弟兄們有的退伍了，就自動的到那兒報到，這倒不是大夥兒瞧著那兒有利可圖，而是那兒有著一股濃得化不開的袍澤情誼。因此，如今李班長、鐵皮、騾子……已有六、七個人了。上兩個月他還寫信給我，計畫如何擴大農場，如何改良產品，並且要我將來退役了也到他那兒去。「我們雖然脫下了軍衣，但是從事農業發展，增產報國，也是一樣。」在信上他說：「你別小看了農耕，我卻認為這是另一場戰鬥的開始——也就是說，我們必須在各方面都要超過敵人，壓倒敵人；唯其如此，才能戰勝敵人，消滅敵人！……」

走了一段路，快到刀疤連長的「防地」，就看到他正在菜地裡翻土。不僅是我，任誰見了也不會相信的；患了那種肝癌絕症的人還能夠這樣嗎？我的腦子正忙著畫問號，他已在那邊招呼我了：

「嘿，那不是耀中嗎？怎麼事先也不寫封信來就到啦？」

「臨時決定的。」我說：「鐵皮呢？」

「下山買東西去了。」他放下鐵鍬，取下脖頸上的毛巾擦擦汗。「怎樣，這地方不賴吧？」

「豈止不賴，」我看看那些菜，那些樹，以及那些山，全都生氣勃勃。我說：「簡直成了世外桃源啦！」

「農場還在後面呢，稻子、高粱、瓜菓都有。」他的臉上抹上一層得意的神情。「當我看到那一片綠苗，連自己也感到年輕起來了。」

「當然，那是象徵著一種希望。人，一有了希望，活得自然就更加有意義了。」我說：「多遠？」

「呶，」他朝後面一指。「翻過那個小山頭就是，很近。」

「李班長他們呢？」

「在農場裡做活。」他把鐵鍬放在肩上。「走，屋裡坐。」

「連長！也不能太辛苦自己，身體要緊啊。」我緊跟在他身後。

「活動活動筋骨嘛。」他一點兒也不在乎的說：「如果吃了睡，睡了吃，那樣子恐怕反而會毛病百出啦。」

我們走進屋裡，刀疤連長給我一支煙，自己也燃上一支；又給我泡了一杯茶，自己也泡了一杯。大概水瓶裡的開水不大熱，茶葉浮在上面，很久才三三兩兩的往下沉。

他落坐後跟我談起農場，談起以後的計劃，豪情不減當年。晌午時分，在農場工作的弟兄們都回來了，大夥兒一見面，就熱鬧起來了。

「報告連長！」習慣成自然，雖然早就脫掉軍衣了，李班長還是一口一個報告的。

「今天有遠客，該殺隻雞來打打牙祭了吧？」

「要殺就殺兩隻；一隻紅燒，一隻清燉，大夥兒過過癮。」刀疤連長說：「騾子你去！」

「得——令！」騾子還耍了下平劇裡的架勢。

「你們把我當成客人啦？」我說：「報告連長，我們現在部隊裡的伙食辦得很棒，天天都有魚有肉的，一點兒也不饞得慌，殺一隻就行了。」

「自己養的，有的是，一天兩隻也夠你吃上個把月呢。」騾子的手腳真夠快的，沒多久，就把兩隻又肥又大的雞殺好了，又到菜園裡拔了幾樣自己種的蔬菜，大夥兒齊動手，邊聊邊弄，不到一個鐘點，飯菜就好了。

「來唄，」刀疤連長開了兩瓶金門高粱。「這是一位劉排長上個星期從金門帶來的，你算是有口福，趕上了。」

「不等鐵皮？」我問。

「他呀，」騾子把酒倒到碗裡。「早得很呢。」

「來，一起來。」刀疤連長端起碗，抿了一口。「沒有杯子。」

我們就這樣對飲起來，刀疤連長本來就很健談，兩口老酒下肚，話更多啦；從前的、現在的、將來的，滔滔不絕，我也聽得津津有味，幾乎把所以來此的原因都忘了。

「你們看看，你們看看騾子那副吃相！」李班長說。

「怎麼？你們別瞧我吃相不中看，」騾子仍然兩手抓著雞腿在啃。「但我也有一項長處呀。」

「什麼長處？」李班長問。

「我呀，最大的長處，吃飽了就不吃了。」

說得大夥兒都哄笑起來。

「報告連長！」我想起鐵皮給我的信。「剛剛聽您說了許多計劃，但我也有一項建議。」

「什麼建議？」

「不要太勞累了，留得青山在，不怕沒柴燒。我們都不是三十、二十的年輕小伙子啦！」

「你不知道，連長近些日子可真累壞了。」騾子插嘴說。

「什麼事？」我問。

「我們的連長呀，真是閻王面孔，菩薩心腸。」李班長說：「別人家稻子生了什麼稻熱病，他卻忙得團團轉；臺北的化驗所，臺中的張教授家，甚至為了幾塊稻田裡的泥巴還特地跑到臺南去。」

「稻子並不比身體重要啊。」我說。

「話不能這麼說，行政院蔣院長日理萬機，為了農業的發展，農產品的提高，不但撥了巨額經費補助，製訂九項可行的政策，而且還風雨無阻的親自到各處視察；去發掘問題，解決問題呢。」刀疤連長興緻特別好，端起碗來又是一大口。

「你們不知道，這種稻熱病會蔓延的，而且得病率很高，如果不想法子及早根除，將來有一天會威脅全省農民的啊。」

「染上這種病是什麼樣子？」我第一次聽到這個名詞。

「稻葉呈現稀落的焦斑，然後逐漸擴大，由稻葉到稻稈及根部，使稻株全面枯萎而死。」

「農民們都沒有辦法嗎？」我問。

「他們只會噴農藥，可是一點用也沒有，因此，一染上這種稻熱病只有死路一條，所以大家都稱它為稻之癌。」

「連他們都沒有辦法了，您能有什麼錦囊妙計？」

「對了，你還不知道我們的連長原本是北大農學院土壤系畢業的學士吧？因為日本鬼子侵略中國他才投筆從軍的呀。」李班長說。

真想不到，刀疤連長還有這樣叮噹響的輝煌學歷，既然如此，他為什麼不找個舒適點的事做，偏偏要來吃這種苦呢？這我就估不出也猜不透了。

「我以往學的是土壤，因此，我覺得我有這種責任。」刀疤連長說：「於是我就帶著生病的稻子和土壤，一次一次的到化驗所去化驗，得到的結論是：缺乏綜合無機元素。」

「有辦法嗎？」

「我試驗了幾種辦法，結果都失敗了。」

「那完了。」

「失敗的本身並不可怕，可怕的就是你說的這句話。」他的臉色忽然冷了下來。「還記得我們剛來臺灣駐防在苗栗勝興挖水井的事嗎？」

我點點頭，想起了那層事。那兒地勢高，缺水，我們挖水井挖了三、四丈深還是不見一滴水，大夥兒都一疊聲的說「完了！」只有刀疤連長不信邪，還是帶頭往下挖，他說：「再沒有水的話，老子就把地球挖通了！」結果到底給挖出水來了。

「聽說後來有位同志就用那個題材寫了篇小說，還得了獎呢。」

「一點不錯，」我說：「那篇小說我看過，篇名就是一個字——〈挖〉。」

「所以囉，什麼事都這樣，只要不怕難，總有成功的一天。」他繼續說：「後來我跑到臺中一位以往教過我書的張教授家請教，他告訴我日本農業研究所所長福本敬介博士，對於這方面可能很有研究，於是他立刻寫了封介紹信給我。回來後，我連夜把這種稻熱病的形成、發展狀況，以及化驗的結果作了份報告，一併寄給福本博士，請他幫忙。」

「日本政府跟我們已經斷絕外交關係了，福本博士還會幫忙嗎？」

「一方面因為他跟張教授私交很厚；另一方面，日本政府雖然跟中共打交道，但是所有民心，還是傾向我們的啊。因此，不久福本博士的回信就來了。」

「怎麼說？」我迫不及待的問。

「他根據我所寄去的資料，介紹我一種美農王新農耕法試試，因為這種美農王能夠恢復土地的營養活力，調整土地內養分的均衡——也就是說，能夠符合植物的需要，使植物獲得了健全的發育，加強植物的抵抗力。」

「試驗效果如何？」

「好極了！」刀疤連長眉飛色舞起來，彷彿以往敘述一次戰果輝煌的戰役那樣。「原先一片焦斑枯萎，現在已逐漸抽青吐穗了。」

「那真要感激福本博士了。」我說。

「我認為更要歸功於我們全國上下的努力。」李班長說：「如果我們各方面沒有今天的成就，還停留在十年或者二十年前那個階段，恐怕就不會有人樂意來幫助我們了。」

「對，李班長的話很有道理，這叫做自助而後人助。」刀疤連長說：「現在世界各國都知道『莊敬自強，處變不驚』在我們中華民國並不是句口號，而是各階層都確確實實的做到了。因此，很多國家的人民——包括與我們斷絕外交關係國家的人民，都對我們刮目相看，也都主動的向我們伸出友情之手了。」

「這一來呀！」騾子接口說：「我們連長又自掏腰包，去到凡是害這種稻熱病的地區免費贈送他們美農王，以及教導他們怎樣施用美農王新農耕法，就更忙上加忙啦！」

「平常難得有空，正好藉此各處走走嘛。」刀疤連長淡淡一笑。

「隨風潛入夜，潤物細無聲。」李班長大概也曾有過輝煌學歷，忽然謅出兩句很得時的詩來。原來我們這夥人中，真是藏龍臥虎，不可小覷。

至此，我又看到了刀疤連長另一面的偉大——把我國「守望相助」的美德發揮到了極致。我發自內心的說：

「連長，您實在太偉大了。」

「別用這種字眼兒叫人起雞皮疙瘩，我不過是盡了自己的本分罷了。」他舉一舉盛了酒的碗。「不談這些，來，喝酒！」

吃過飯後，我抽空將李班長叫了出來，問道：

「刀疤連長有病嗎？」

「啥病？」

「鐵皮寫信告訴我的，還說是很嚴重呢。」

「操的！」他沒輕沒重的給了我一拳，好像我就是鐵皮似的。「簡直是放驢屁！」

「那、他為啥要那樣寫信給我呢？」我說：「害得我把什麼事都擺了下來，跟救火似的趕緊往這兒奔。」

「唔，」他摸著後腦勺想了想，打著哈哈說：「對了，道理很簡單。」

「什麼道理？」

「不這樣，你會趕緊往這兒奔嗎？」

「不可能。」我對李班長這種說法不能苟同，原因是鐵皮無論如何也不會用這種方法把我誆來的。

「什麼不可能呀？」騾子來了。

「鐵皮寫信告訴我，說刀疤連長患了肝癌，有沒有這回事？」

「好小子！」騾子聽我這樣一問，像是突然踩著了蛇似的跳了起來。

「幹嗎啦？」

「前天我在動那兩瓶高粱的腦筋，他說你就要來了，等你來了大夥兒一起喝。我說你事先也沒有寫封信來，一定不會一下子就跑來的，他說一定會，於是我就跟他打賭了；誰輸了槓上開花加一番——四瓶高粱。真想不到這傢伙竟來了這一手；寫信跟你說是刀疤連長得了肝癌！簡直是混蛋加三級！」騾子捲起衣袖，彷彿就要動手揍人的樣子。「見到面時，我不把他的脖頸扭斷了才怪！」

聽了騾子這樣一說，我心裡一塊石頭才算放了下來，雖然受了鐵皮的騙，卻感到非常高興。

下午三點多鐘，我必須回去了，如果再遲的話，就趕不上車了。主要原因，自然是後天我要參加一項演習，還有一些演習前的準備工作要做，所以大夥兒聽我說明之後，都不再堅留我了。他們送我一程，我就一個人順著原路向車站走去。

在快到車站時，碰到迎面而來的鐵皮，他手裡拎了隻手提包。一照面我就板下臉子打起了官腔：

「好小子！你出的好點子，害得我兩頭趕！」

「什麼事看你發這大火？」他將手提包放在地上。

「哼！李班長說你放驢屁，騾子更要扭斷你的脖頸！」我越說火氣越大。「我呢，也想賞你個耳光子！」

「這——這——」他急得張嘴結舌，連話兒也說不出了。

「別爺爺買棺材——裝孫子啦！我問你，你不是說刀疤連長得了肝癌嗎？」

「是呀，大夫是這樣說的呀。」他認真的說：「你以為我在誆你？」

「李班長和騾子怎麼都不知道呢？」

「除了他本人和我，誰都不知道啊。」

「這麼說你信上寫的都是真的囉？」

「廢話！這也好隨便開玩笑的嗎？」

看光景，這是實實在在的了。一直過了很久，我又問道：

「他自己剛知道時怎樣反應？」

「檢查時我跟他一道去的，大夫把我拉到走廊下悄悄告訴我的。當時我難過得眼淚在眶子裡直打轉，不曉得過了多久，有一隻手拍拍我的肩膀，我抬頭一看，是刀疤連長。他說：『別跟大閨女似的，人麼，生老病死誰也免不了的啊，這有什麼好難過的？』我連忙把已流出的眼淚抹去，未流出的眼淚憋了回去。強自鎮靜，故作輕鬆的說：『誰難過啦，一粒沙子跑進眼裡了。』他笑笑說：『你當我不知道嗎？前些日子我自個兒已經檢查過一次了，這種症狀即使大夫不說，自己也能猜中了八成兒啦。』回來後，他仍然跟往常一樣，有說有笑，絕口不提那回事，而且也不准我對任何人走漏消息。」鐵皮說著說著，眼眶裡又漾滿了欲凝欲滴的淚水。「他有時發生陣痛，但我看得出，他總是咬咬牙就熬過去了。近些日子為了稻熱病，更加操勞，身體比以前瘦了好多，因此，在沒人時我總是勸他要保重自己身體，而他總是罵我不要那樣沒有出息。後來我實在憋不住了，才寫信給你，找你來商議商議的。」

「他為什麼不讓人知道呢？」

「他的脾氣你還不清楚？還不是怕大夥兒為他承擔痛苦。」

我忽然想起在吃酒時，刀疤連長無意中流露的眼神，我現在才知道他是在掩飾自己的痛苦，我茫然了。

「再回去商議商議吧，」鐵皮嘆了口氣。「這種事兒光是悶在我一個人心裡，真能把人給活活憋死了！」

「不行，我要趕回去參加演習，頂多一個星期，我會再來的。」我說：「我回去還得想法子籌錢，你們也儘量想辦法，把錢先籌妥了，咱們再來跟刀疤連長攤牌；要他趕緊住進醫院，徹底治療。現在醫學進步了，不一定就治不好」

「對，稻熱病原先也說是絕症的，現在還不是照樣治好了。」他跟我握一握手。一再叮囑我：「你一定要快一點來啊！」

「一定。」

在歸途中，跟來時一樣，那些往事又在我的腦子裡顯現了。

演習剛結束，我回來一跨進寢室，就看到桌子上放著一封電報，還沒有拆，就有一種不祥的預感，這種預感使我心跳加速，手指發抖。當我把這封電報看完後，連一分鐘也沒有耽擱，立即趕到石牌榮民總醫院第三十四病房。我到達時，刀疤連長躺在病床上，已經進入昏迷狀態。鐵皮、騾子、李班長和大夫都在那兒，另外還有兩位陌生人，經過李班長的介紹，我才知道一位是臺灣省省議會蔡議長，另一位是桃園縣吳縣長。他們不僅帶了大批慰問金和慰問品，更帶來了全省農民們衷心的感激與祝福。

「連長一聽說桃園八德也有稻田患有稻熱病了，馬上趕到那兒去為農民們施用美農王。」李班長告訴我說：「後來實在支撐不住了，竟倒在稻田裡。」

「是農民們將他送到這裡來的，」騾子沉痛的說：「以後又通知了我們。」

「你們不要緊張，」大夫走了過來。「他並不太嚴重，只是勞累過度。」

「不，大夫！」鐵皮說：「他原先就患了肝癌啊！」

「我知道，那並不就是絕症，尤其是對一個生命力極強的人來說。」

「大夫！」蔡議長懇切的說：「這位同志以往服役軍中，跟中共作戰，是位了不起的戰鬥英雄；退役後從事農業，與稻熱病作戰，仍然是位了不起的戰鬥英雄！希望你們能夠盡一切可能為他治療。至於用錢方面，不管多少，都不必顧慮。」

「會的，我們一定會的！」

「八德，」刀疤連長仍然在昏迷中，他喃喃自語著：「八德鄉的稻田……」

「你放心好了，」吳縣長連忙走過去，彎下身子說：「八德鄉的稻子都好了，如今是一片綠苗，美極啦！」

中央日報62.11.1（上下兩篇）

遲暮

一

據說，女人在年輕時追求的是：愛情、健康、事業；中年以後，是事業、健康、愛情；到了晚年，則是健康、愛情、事業了。這是聰敏人。

然而，黃筱燕卻做了個傻子，她的青年與中年剛剛相反，因此，也註定了她這一生的不幸。

二

「老師好！」玲玲與美蘭一道來看黃老師，一跳一蹦的，還是那樣的活潑，惹人喜歡。

「請坐請坐。」黃老師打量一下，她們都是亭亭玉立，臉上發散著一種少女成熟時所特有的光輝。尤其是玲玲，她今天穿件淡黃色的洋裝，高雅極了，也絹美極了，像是春天裡的小黃雀。她說：「你們今天打扮得這麼漂亮，有什麼約會──嗯？」

「報告老師一個好消息，」美蘭做了個鬼臉；「玲玲是來請老師吃喜酒的，下個禮拜六，地點是臺北××路國際飯店。」

「真的？」黃老師問玲玲。

玲玲羞澀地點點頭，面孔頓時飛來一層紅暈，像是落日時的晚霞。

「新郎是位青年的空軍軍官，曾經打下中共米格機的英雄，照片在各大報紙上登出過，帥極了！」美蘭接著說：「玲玲心裡高興得快要『上天』啦！」

「你呢？大學快畢業了，戀愛成績如何？」黃老師問。

「滿分，滿分，」玲玲這下可抓到報復的機會了，連忙說：「她呀，快要『下海』啦！」

「下海？」她給弄迷糊了。

「她的那位大情人是海軍官校剛畢業的，不是快『下海』了嗎？」

「唔，」黃老師說：「那真該恭喜你們啦！」

黃筱燕老師呆呆地望著她們，恍惚間，她們都回復到十多年前的老樣子：穿著一件跳舞衣，梳著兩條小辮子，跑起路來，一甩一甩的……

三

「報告老師！玲玲病了，徐伯伯要我向老師請假。」美蘭說。

「嗯，」上課鈴聲響了，黃筱燕說：「上課去吧。」

玲玲是她這班上年齡最小的學生，不但很聽話，很活潑，而且長著一張人見人愛的臉蛋兒，因此，黃老師對她有一種說不出的偏愛。

到了第二天，美蘭又來向她替玲玲請假了，老師問她說：

「玲玲患的什麼病？」

「我也不知道，徐伯伯說是很、很」她大概是想找個適當字眼，一連「很」了老半天，才說出：「很重要。」

「很嚴重是不是？」

「對，很嚴重。」她笑了，帶點難為情的意味。

這天放學後，黃筱燕的心裡老是在惦記著玲玲，終於忍不住的去看她了。

她家的大門虛掩著，黃筱燕敲了敲，沒有人應，便逕自走進。到了臥室前時，她叫了兩聲玲玲，她在裡面嗯了一聲，她進去後才知道只有玲玲一個人躺在床上。她走近床前，低聲問她說：

「媽媽呢？」

不知為了什麼，她嘴角一撇，竟然哭了起來。

「別哭，」黃老師掏出手帕替她擦淚，剛擦去又流了出來。黃老師不知道她為何如此傷心，又不好再問。黃老師說：「爸爸也出去了？」

「嗯。」她哽咽著

「要不要吃點開水？」

她點點頭，黃老師倒了杯開水餵她。這時黃老師才發覺她面頰瘦了好多，臉色也蒼白得像是淋了雨又晒乾的白紙。

「是什麼病？有醫生看過嗎？」黃老師溫存地問，儼然像是一個慈母對待自己正在病中的孩子。

「我也不知道，我的頭很痛，醫生看過兩次了，還不見好，真是……」

她摸摸她的額角，很燙，她便找塊毛巾用冷水濕了濕，給她敷上。

黃老師真是想不透，孩子正在鬧病的時候，做父母的會走出，把孩子一個人留在家裡不管，天底下真有這樣的父母？她想著想著，對她那還沒有見過一面的父母不禁怨憤起來，但對玲玲卻更加憐愛了。

「謝謝您！」突然，一個男人的聲音在她身後說話了，黃老師轉臉一看，是位三十左右的空軍軍官，她竟一點也不知道他在什麼時候走進來的。他長得很魁偉，臉龐跟玲玲很像，黃老師想他大概是玲玲的爸爸了。他怔怔地望她老半天，他又說：

「請問您貴姓？」

「敝姓黃，是××國校的教員。」她禮貌地站了起來：「玲玲兩天沒去學校，聽說是病了，我特地來看看的。」

「噢，請坐，請坐！」他一面脫下軍帽，一面說：「我叫徐致遠，是玲玲的爸爸。玲玲常提起您，說您很喜歡她呢。」

「是的，玲玲很乖，很聽話，功課也很好。」她坐了下來：「醫生說是什麼病？」

「腦膜炎，恐怕要過些日子才能轉好。」一層黯然的愁雲掠過他的面頰；「我剛才就是去拿藥的。」

「徐太太呢？」她對他們把孩子一個人留在家裡似乎仍然不能諒解。

「她——」聲音低沉下來：「她已經去世兩年了。」

「唔，」她不覺打了個寒戰。一瞬間，她對面前的這位中年人——嚴父兼慈母，軍官兼下女的徐致遠肅然起敬了。

「黃老師。」她欲說又止的停了下來。

「什麼事？」

「我想，我想——」他吃力地說：「玲玲很喜歡您，而她又是個沒有母親的孩子，自然缺乏這一方面的情感寄托，而我又是有些事必須要自己去做的，不能夠把全部時間放在家裡。」他說得很緩慢，很懇切：「我想假如不太打擾您的話，希望您能常來看看她。」

「好，我也很喜歡她呢。」她答的是由衷之言。

「您坐一會，我去燒飯去，您嚐嚐看我這雙開飛機的手，燒出菜來會不會有汽油味。」他幽默地說。她想在不久之前他該是個風趣人物。

「不用了，家裡會等我呢。」

他好像沒有聽到她的話，逕自去了。她給玲玲的藥服下後，她平靜多了，燒也退了不少。黃老師搬了隻椅子坐在她床前，講公主與王子的故事給她聽。她聽得很入神，很高興，好像她的愉快很快就傳染給黃老師了，黃老師也跟著快樂起來。

「黃老師，請過來便飯，沒有菜。」不知什麼時候，徐致遠已經將飯菜擺上桌了。

「謝謝您，我該回去了。」

「不成，這樣玲玲會不高興的。」他轉向玲玲說：「玲玲，你說是不是？」

「是，」玲玲撒嬌地說：「老師不要走嘛！」

「您看您看，」他說：「不錯吧？」

就這樣，黃筱燕終於在那裡吃晚飯了，這是她有生以來第一次單獨與一個男人共餐。起初覺得很不自然，但不久就泰然了。

他（她）們一面吃著，一面談著。她知道他的太太是在前年患心臟病去世的，她除了留下九歲的玲玲而外，還有個五歲的男孩嘉嘉，現在由其外婆撫養。

那晚一直到十一點多鐘，她才返回。

她本來就很喜歡玲玲，也許是一種同情心；同情玲玲也同情她的爸爸。因此以後她便天天去看玲玲，每次都帶點水菓給她吃。有時徐致遠回來晚些，她便將飯菜做好，他回來就不必再費事了。她一點也沒有想到自己為什麼要這樣做，但是卻做得很愜意，很自然。

久而久之，他（她）們間的距離縮短了，彼此的稱呼都改用「你」，而不再用「您」了。她，彷彿已經成了這個小家庭中的一名成員了。

有一天他一夜沒有回來，玲玲不敢一個人住，她便在那裡住了。第二天一早，她做好早飯餵玲玲吃過後，已經是七點半鐘，她該去學校了。她剛走出大門，徐致遠正好迎面而來，帶著一身的疲憊。

「我猜得不錯，」他送給她一個微笑：「我知道你一定會照顧玲玲的」。

「你昨夜到哪去了？」她問。

「到你的家鄉啦，」他聳聳肩：「你家不是住在徐家匯嗎？我特地打那兒經過一下。」

「你到了上海？」

「嗯，」他說：「空投救濟米及宣傳單。」

「那不是很危險嗎？」

「沒有什麼，我們飛得很高，到了那裡，一個俯衝，」他用右手從上至下比划著：「囉，就這樣，咻——」

「昨天怎麼沒聽你說過要去的話？」

「昨天連我自己也不知道呢，我們的任務大都是臨時交代的。」

「早飯做好了，快回家吃吧，待會就冷了。」

「謝謝，謝謝！」他跟她來了個舉手禮，用疊複的句子表示內心由衷的感激。

早晨的陽光將他那魁偉的影子照在地上，顯得格外的偉大。

四

「玲玲的病好了，這完全是妳的功勞。今天是週末，為著表示一點感激的誠意，今晚請妳去大世界看電影，然後去鹿鳴春吃烤鴨。」徐致遠向她說：「妳不會不賞光吧？」

「老師去嘛，」玲玲不待她開口，就牽著她的手，說：「不然您就不是真心喜歡我了！」

她看看他（她）們父女倆衣著整齊，像是早就準備好了的，所謂「盛情難卻」，就答允了。

在看電影與吃飯時，徐致遠對她體貼入微，這頗使她有點飄飄然，也有點惶惶然。

回到他家，她替玲玲洗洗手臉，她就睡覺去了。黃筱燕剛想告辭，這時徐致遠已煮好了一壺咖啡；給她倒了一杯，自己也倒上一杯。

「這是真正巴西貨，」他說：「你嚐嚐看。」

她接過渴了一口，說：「嗯，好！」

他（她）們面對面坐在沙發裡，誰都沒有說話，一直過了久久，久久。

「我該回去了。」她站了起來。

「筱燕！」（他第一次直呼她的名字）他也站了起來，睜著一雙熱情的眼睛，突然的一把握住她的手，說：「我不知道我配不配跟你說這句話——我愛你！」

他這種突如其來的舉動使她吃了一驚，像是吃了過量的安眠藥似的傻住了。她連忙抽回手來，語無倫次的說：「時間很晚了，以後再說吧，我該走了，我該走了。」

他還說些什麼，但是心跳使她一點也沒有聽清楚。她光是一個勁兒往回跑，到了家裡，已經是「香汗淋漓」了。

這晚她失眠了，她在想著許多問題，應該答應他？不應該答應他？答應了以後會有怎樣的結局？不答應又會有怎樣的結局？……

最後，她還是決定了不能夠接受他的愛。理由是：第一，我今年才廿二歲，年紀輕輕的少女，總不能一出嫁就做兩個孩子的母親呀，雖然我是很喜歡玲玲的。第二，我必須在專業上有點成就，這是我很早就立下的志向，我不能就此一下走進廚房，整天去跟柴米油鹽打交道。第三，我的外貌長得還不錯（我不好意思說自己長得如何如何），找對象結婚在我並不是件難事，假如我想的話。

為著避免彼此無謂的煩惱，以後她就一直沒有再去過他家。

五

三年的時間過去了，與玲玲同班的孩子們都已進入中學了，他（她）們像是一株株幼苗，眼看著一天比一天茁壯起來。她一想到這個，心裡就有一種說不出的快慰。她把全部精力都放在教學上，因此，她也有了一點收穫；由教員晉升為教務主任了。

時間這東西真奇妙極了，它可以把一個人的觀念整個的改變過來。比方說吧：以往她看到同學們結婚了走進廚房，看到她們挺著大肚皮上菜市場買菜，以及看到她們被呼前擁後的孩子們糾纏時，心裡就會覺得她們太傻了。總是想：大學讀了四年難道就是為的這個？為什麼要把自己鎖起來呢？然而，現在不同了，她不但覺得她們不傻，而且在暗暗的羨慕呢。

她忽然想起是誰說過這樣的話：「男人在三十歲時是開始的結束，女人在三十歲時是結束的開始。」我，已經是個二十七歲的女人了，再過三年，就是這個年齡了！天呀！我還是個「黃花閨女」啦！

夜晚她躺在床上，忽然感到寂寞得可怕起來，像是躺在曠野裡一樣。她夢囈似的自問著：

「你難道就這樣過一輩子嗎？你難道就這樣過一輩子嗎？」

「不能！」她想：「我是個女人，我必須盡到做女人的義務，也必須享受到做女人的權利。她得讓生命中有光、有熱，決不能這樣讓它糊里糊塗的『結束』就開始了。」

她迷迷糊糊地想著，恍然間，她的面前出現一個人影：身材很魁偉，眼睛裡滿含著熱情……他一步步走近她，微笑著伸出手來，她也趕忙咧開嘴做出個最美的笑容，將手遞過去。然而，他卻突然的轉身跑了，她一叫，終於驚醒過來，原來她還是躺在床上。

她翻了個身，四周漆黑一片，像是死神的化身，連老鼠在「吱吱」磨牙的聲音都聽得見。

她回憶著剛才夢裡的人影，他不就是曾經被我拒於千里之外的徐致遠嗎？他為什麼會在自己睡夢中悄悄地來呢？莫非是我真的愛上他？

她發覺自己確是愛上他了。她想：我必須有個家庭，有個丈夫，而且有幾個孩子……

她要像所有的家庭主婦一樣：在丈夫下班與孩子放學歸來時，把家裡打掃得乾乾淨淨，飯菜也做得很可口，使他們儘可能的愉快而適意。吃過飯後，他（她）

們可以去看場電影，或者在附近的馬路上散散步，或者在家裡聽聽收音機，或者談談家常，或者……總之，什麼都好。

想到這裡，她不自覺的微笑起來，彷彿她真的已經有了這樣的一個家庭似的。

六

這天是禮拜，昨晚她睡得很遲，本該好好多睡一會兒的，但是她卻起身很早，每逢心裡有事情總是睡不著的。推開窗子，早晨的太陽像是才剖開來的紅心的大西瓜，把天空中的雲海照映得紅通通的。空氣也新鮮極了，像是剛剛擠出的鮮牛奶。窗外的兩棵木瓜，瓜實疊疊。幾朵玫瑰，滿身沾著露水，也嫵媚得像是沐浴中的貴妃，慵懶而嬌羞的輕搖款擺著，惹得幾隻蝴蝶飛上飛下，忙個不停。她吁了口氣，心想：這是春天，春天又來了！

吃過早餐，她挑了件最能襯托春天情調的墨綠色旗袍，然後又對鏡梳粧了老半天，直到自己滿意時為止。

她有一種說不出的喜悅，因為她在鏡子裡一點也看不出自己有「結束」將要「開始」的徵兆，她的生命跟這個初春一樣的蓬勃而有朝氣。

她好像在趕最後一班火車的旅客，匆匆地向玲玲家走去。她的腦子裡不時出現一雙熱情的眼睛，與一雙有力的手臂。

「擁抱我吧，吻我吧！」她想：「女人是要生活在擁抱與熱吻中的，否則，就不應該是女人！」

像所有遲婚的女人一樣，一股情慾之火在她的內心熊熊燃燒著，燃燒著。

當她到了玲玲家之後，有點失望了，「他」不在家，只有玲玲一個人。

「老師，您好久好久沒來玩啦！」玲玲熱烈地歡迎她，隨即給她倒了杯茶。

「爸爸呢？」她坐定後問。

「一早就出去了，大概是有任務吧。」她說：「老師今天沒事？」

「沒有什麼事，特地來看看你的呀。」

「噢，那好極了，」她說：「陽明山的櫻花開了，我們去玩玩好嗎？」

她想了想，反正是禮拜天，待著也無聊，就同意了。她見老師答應下來，高興得什麼似的。

「您稍為等一等，我今天跟一位同學有約，得去告訴她一下，半個鐘點就回來。」玲玲說完頭也沒回就跑了。

黃筱燕無聊的打開收音機，聽了一會，沒有什麼好節目，又關了。她在室內來回踱著，像是想什麼，又像是什麼也沒有想。

她走到書架前，那上面排滿了書籍，大都是科學與空軍常識方面的，文藝方面的也有幾本，如巴爾扎克的「高老頭」、歌德的「戰塵之外」、盧騷的「大膽的求婚」……她瀏覽著，忽然一本東西將她吸住了——日記，她不由自主地伸出手來，把它取下。

偷看人家的日記是不道德的，但當時這個「為人師表」的她，竟連一點也沒想到。不知道一種什麼力量，推動她非如此做不可。

裡面的字很潦草，不過稍稍用心一點，還是可以認得出的。她翻閱著，終於一篇她想看到的出現了；那裡面有她的名字。她的呼吸開始摒息，她的心開始加速跳躍，雖然她盡力的使自己鎮靜。她一個字一個字讀下去，大意是這樣寫的：

×月×日

今天A君給我介紹位女友，原來是個寡婦，相貌又是那樣的粗俗，真是！其實她縱然不是寡婦，長得很美，我也不能接受了，因為我的一顆心早在三年前就給一位天真未鑿的女孩子拿去了，她是那樣的幽嫻絕俗，彷彿深山空谷裡的一株白蘭。

三年前我曾向她求過婚，她拒絕了，真怪，我始終沒有絕望過，我總是想：她有一天會投入我的懷抱的。

三年了，整整的三年了，她並沒有如我想像的那樣，但我對她的思念卻與日俱增。每次下班歸來，我都要到××國校附近繞個圈了，希望看她一眼，縱然是一隻手臂，甚至一根頭髮都好。

她平日很少外出，就是偶然出來，她也不會知道我在看她，因為我總是站在老遠老遠的那棵大榕樹後面。

上個禮拜天她出來了，穿件水紅色的旗袍，像是一朵帶露的玫瑰，美極了，美得不能再美了。

我一直佇立在那棵大榕樹後，像是一座什麼動作都不會的木偶。直到玲玲來叫我時，我才發覺身上的衣服都濕了，不知道在什麼時候已經下過了一陣雨。

啊，筱燕，筱燕！你可曾知道有一個人，在偷偷地愛著你三年嗎？

× × ×

她深怕玲玲這時候闖了進來，趕緊往後翻，直到最後倒數第二頁，她又讀下去：

×月×日

A君說得對，我不能光是這樣默戀著一輩子，我有公務，有孩子，有家庭，不能老是沒有一個家庭主婦。

我只有接受A君的建議而娶那位寡婦了，難道這就是佛家說的所謂是「緣」嗎？

然而，我的腦子裡總是裝著筱燕的影子，愈是想把它攆出去，它愈是往裡面鑽，真是惱人！

今天我的心裡特別亂，好像這麼一來，我與筱燕就要「乾坤定矣」，其實我就是一輩子不婚不娶又有什麼用呢？唉！

× × ×

一陣腳步聲，她趕忙把日記放回原處，回到沙發裡坐下，端起玲玲給她倒的那杯茶，輕輕地啜了一口，心想：我現在來的正是時候，否則，再過些日子，就真的「乾坤定矣」。

玲玲回來後，她們就搭公路局汽車去陽明山了。陽明山她不只來過一次，但哪一次都沒有這次感到愉快與愜意，她心裡像是裝得太滿的小口袋，「快樂」在那小口袋中不斷的發酵、膨脹……櫻花似乎早已凋零了，此刻並非賞櫻季節，不過她們還是玩得很開心。

她們一直玩到下午兩點才返，中午飯是在山上吃的。她想：致遠也該回家了，他突然的看到我來，一定不知要怎樣興奮呢。

出人意外的是，他還是沒有回來。

藉著問玲玲一些功課情形，在等著，等著……

一陣電話鈴聲，玲玲走過去拿起聽筒，她在說：

「我是玲玲……什麼時候？……好的。」

「爸爸出差了，」她放下聽筒轉向老師說：「明天中午才能回來。」

「到哪裡去了？」

「不知道，他從來不跟我說的。」

「我要回去了，你爸爸回來時告訴他我今天來過。」她想只要他知道我來過，一切都不會成問題了。

「再玩玩嘛，晚上我做飯您吃，我學會做飯了。」

「我還有事，下個禮拜天再來。」

「好，我等您。」她臨走時她又補上一句：「可別忘啦！」

七

心情一愉快，光想跑跑，找人談談，彷彿想把自己的快樂分一點給別人似的。

星期六吃過午飯，沒有什麼事，黃筱燕就到姑媽家。但是不湊巧，她們一家人都不在，只有一位同院子的鄰居太太在家。她們曾經見過幾次面，雖然叫不出姓名來，但是人挺熟，知道她是這兒的表姪女，因此很友善的招呼說：

「郭老太太領著阿英、阿明去看電影了，馬上就回來。」她搬了張椅子：「坐坐休息一會兒吧。」

「謝謝您，」她坐了下來：「貴姓？」

「敝姓王，三橫一豎王。」

「先生在哪兒做事？」她有意找點話來填空。

「他去年患高血壓去世了。」她傷感地嘆了口氣。

黃筱燕略帶歉意的望了望她那臘黃的面孔，心裡也替她難過起來。

為著怕再引起不愉快，她便把話題轉到別的方面。怎麼也不會想到，她們一談就談得很投機，大概古人所謂的「一見如故」就是如此吧？

她們談得很多很多，黃筱燕發覺她是個很有教養的女人。後來不知怎的，她無意中竟又問起她的身世來了：

「你沒有孩子？」

「有，才兩週歲。」

「是男孩？」我望望四周：「人呢？」

「唉，」她喟然嘆了口氣：「在醫院裡，病了快兩個月了。」

「什麼病？」

「小兒痲痺。」

「有辦法治療嗎？」她關切地問。

「要一筆很多的錢。」她的聲音嘶啞了：「我所有的積蓄都早用光了。」

「怎辦呢？」

「現在大概不成問題了，」她慘然地笑笑：「我快結婚了。」

「這樣能夠解決困難？」

「這是我唯一的條件。」

黃筱燕的思想比較傳統，本來對一個女人的再嫁認為是很不大好的，但是對她卻有點「例外」了，不但沒有輕視意味，反而覺得一種母愛的偉大。她想：希臘大哲學家阿里斯多德在其倫理學一書中就曾說過這樣的話：「卑鄙者如有其高尚之目的，亦不足詬病，若有希圖為財利則不足觀矣。」她為的是治療孩子的疾病而犧牲自己，還不夠高尚，不夠偉大麼？

「他答應了嗎？」她又問。

「可能。」

「他是做什麼的？」

「空軍軍官。」

「叫什麼名字？」

「徐致遠」

「唔——」

頓時，她就像挨了顆大砲彈似的，險些驚叫起來，但終於給她冷靜住了。她只覺得天在旋著，地在轉著。當她稍稍清醒一點時，她就推說頭痛告辭了。回到寢室關上房門，把自己放在床鋪上，心裡彷彿十二級颱風來襲，天翻地覆……。

「不管怎樣，」她自語著：「致遠是愛我的，我也是愛他的，我可以裝著不知道這層事去跟致遠結合，我不能讓一個不相干的女人給我們的幸福破壞了。」

「呵，不能，一千個不能！」一張臘黃的女人面龐在她的眼前幌盪著，她想：「她為的是急救孩子而犧牲自己，我能忍心看她毀滅？忍心把自己的幸福建築在別人的痛苦上？能夠幫助人而不幫助人，等於殺人。我應該殺她？……」

一瞬間，她彷彿聽到一個嬰兒的啼泣聲；一種扣人心絃的啼泣聲。她想：這孩子的生與死完全在我的取捨之間；我捨則他生，我取則他死。我應該叫他死？不應該叫他死？……最後，她終於下了決心：退出。

她起身拿起筆來，在日記上寫下這樣幾句話：

×日×日

上個禮拜天我做了件極不道德的事——偷看別人的日記，今天我做了我有生以來頭一件足以自豪的事——救了一個孩子的生命，成全了一個做母親的願望。

她放下筆，坦然地笑了。

第二天她自然沒有去玲玲家。到了第三天的傍晚，她就接到致遠的一封長信，裡面寫了許多許多對她傾慕的話，以及問她說是這個禮拜天來玩的，為什麼沒有來，要她給他寫封回信。記得她當時在讀信時，眼睛沒有流淚，心裡卻在流血！她的決心險些被這封信動搖了，真想立刻跑去看他，一訴衷情。但是最後還是給她忍住了。她想：我是為人師表的老師，就該有老師的尺度、表率與風儀，我不入地獄誰入地獄？只是寫了封回信，告訴他近來事情較忙，不克分身，全都是些冰冷冷的字眼。

不久之後，就聽說他結婚了，她的心裡有一種說不出的滋味。默默寫下一首胡言亂語的「詩」：

敢問何物似情濃，
情深緣淺受折磨。
曇花一現喜相逢，
天長地久人間無！

為著排除煩惱，忘記過去，她把精力全部放在校務上，縱然是該休息的時候，也找點事做做，不讓自己閒著。因為一閒著，那些令人惆悵的思想就會趁虛而入。

經過多年的努力與苦心，簡陋的國小終於成為首屈一指的模範國小了。而她，也由教務主任成了校長。

所有認識她的人都敬佩她，贊賞她，說她的教學精神如何如何的偉大，說她的工作成績如何如何的可佩。然而，人究竟是人，她始終不能忘記自己是個女人，只要她一停下工作，或者是看到別人成雙作對的時候，空虛與寂寞就會像暴徒似的趁火打劫來了。她下意識的拿起鏡子看了看自己的面容，不禁愕然了；她的額角皺紋竟那麼多，那麼明朗，兩鬢也斑白了！

人，大概都是這樣，愈是自己失去的，或者得不到的，就愈覺可貴與嚮往。她雖然每天夾著皮包上班下班，一臉都是不在乎的神情，但是她的內心的淒涼恐怕誰也很難想像了。

八

「老師，我們走了。」玲玲扯扯她的衣角：「您在想什麼呀？」

「噢，」她頓了頓，撒謊說：「我在想我要送件什麼禮物給你呢？」

「什麼都好，只是不要太花錢就是了。」

「最好是件太空裝，他（她）們要去太空渡蜜月呢。」美蘭打趣地說：「不要忘了，一定來吃喜酒呀！」

「一定，一定！」

「再見，」

「再見！」

她目送著她們走出，她的眼睛逐漸糢糊起來，在淚光中，她彷彿又看到了躺在病床上時的玲玲，以及她的爸爸——徐致遠……

民間知識48.12.10

雷堡風雲

二楞子從軍了，若謂「請纓殺敵，精忠報國」，未免太恭維他了，因為那幾個字他根本不知所云。他自己曾說是為了「我要活下去」，坦誠無諱，較為合理。

二楞子投効的這個部隊很特別，大都有個綽號，比如營長鄭效鵬綽號叫「關公」（面色紅潤，忠肝義胆，綽號原由），指導員葉子美綽號叫「白面書生」，第一連連長黃振松、二連連長朱宗徵、三連連長張復林。一連有個排長叫大轂轆，二連有個排長叫大金牙，三排有個排長叫九拐。其他諸如「老幹部」、「胡同」、「騾子」、「叫驢」、「武老二」、「槓子頭」、「二甩子」、「三瘸腿」、「小猴子」、「胡大疤兒」、等等等等，族繁不及細載。更妙的是，還有個叫「王八蛋」，他的正名叫王八石，「石」，容量名，十斗為一石（担），因此衍化成「王八蛋」了。大夥兒都叫順口了，他也聽順耳了，如果偶爾叫他「正名」，他還聽若罔聞，一時弄不清你在叫誰呢。

這個部隊還有個特色，就是個個都黑得像驢屎蛋兒，這也說明了他們平時出操訓練有多嚴格——簡直到了「六親不認」的地步。「二楞子」是誤打誤撞的進了這個「非洲兵團」，不過他自己比驢屎蛋也好不了多少，算得上是「姻緣巧合」、「物以類聚」了。

提起「關公營長」，確是這個部隊的金字招牌，不管遠近，不管敵友，沒有不知道的，也無不敬若天神。

指導員葉子美是新來的，「非洲兵團」這個特色被他一傢伙打破了。他的胆識如何，沒人知道，比方說，害怕與謹慎中間距離究竟有多少，誰能說得清楚，有人不承認是害怕，而是謹慎。指導員的外貌很自然的生來就有類似的特徵。他就是全身都長了嘴巴，也很難辯解了。

再說指導員是個三十來歲的「白面書生」，舉止溫文儒雅，如果從事演藝工作，肯定是個「小生」的好材料。這也助長了這裡那裡吠吠狺狺，雜音四起的原因。總之，他與部隊實在是個很不搭調的組合。

大夥對他都有「非我族類」之感，以為他是既怕苦又怕死的紈絝子弟，他來部隊只是玩票性質，不可永期，興頭過了，就走人。

「這樣細皮嫩肉的，生了一雙描花綉鳳的手，也能玩槍弄刀的衝鋒陷陣？」

「瞧著好了，一上火線，槍一張嘴，他就原形畢露了，不嚇得屁滾尿流才怪！」

「上級也真是，不分青紅皂白，拉個黃牛就當馬騎。」

「他自己也該掂掂自己，他呀，像隻老母豬直往炕上爬，也想冒充孩子的娘啦！」

大夥兒就這樣你一言我一語的諷譏著、笑謔著，有時還刻意把嗓門兒提高些，讓他聽到大夥兒存心在窩囊他。他也真有韓信的那份器度，總是聽而不聞，視而不見。這也難怪，像這樣眾矢之的，任誰也只能裝聾作啞，逆來順受，不然怎辦？

不過也有人為指導員抱不平，認為怯弱是勇敢更高難度的另一層次，韓信的器度，就是最好憑證。大轂轆第一個嗆了起來：

「寸有所長，尺有所短，不能一概而論。你們別它媽的自己長了一身綠毛，還說人家是妖怪啦！」

大轂轆這樣一嗆呼，的確管用。凡事開頭難，只要有人開了頭，就會有人附和，那些「反對派」從此收斂許多，指導員也不再是大夥見眼中的「異類」了，大轂轆的功勞最大。

自從指導員到了他們營裡，就一直沒打過仗，有人說他雖然不是塊打仗的料子，可是他是個「福將」，到了那裡，那裡就「國泰民安」。

「當兵的不打仗，就像進了糟坊不喝酒一樣，那有啥意思？」狗熊瞪著眼睛說：「福將？福將有屌用！咱們要的是像關公營長那樣，能夠打垮敵人的猛將！」

指導員初來乍到，跟那些老粗大兵，「出口成髒」的粗話俚語，總是離皮離肉的揉合不起來。不過可以看得出，他很用心的磨練自己，後來証明時間就是最好的粘著劑，不多久，他就「近墨者黑」習以為常了。他還跟人打趣的說：「我現在像個驢屎蛋啦吧！」

那天，關公營長從團部一回來，立即集合全營，連話也沒有多說幾句，就十萬火急的來個急行軍，目標是黃河口的雷家堡。在路上，小猴子從營長那張凝重的臉色上，就猜想到這次任務肯定不同凡響。不然，他從來就沒見他把兩道濃眉皺得那麼緊。

傍晚時分，到達了雷家堡。

「報告營長，要不要咱去雷爺家捎個信兒……」

「滾，滾，滾！」營長一傢伙把小猴子摔了老遠，好像小猴子這句話就能把他煩成了那個樣子。

民國二十六年七七事變，鄭效鵬二十一歲，南開大學三年級。日本略侵中國的野心已昭然若揭，效鵬與雷家大小姐筱玲訂婚在即，效鵬忽然向雷爺稟告他決定投笔從戎，報效國家。雷爺問他說：「你與筱玲婚事怎辦？」

「決定從軍時，生命也同時押上了，我所以不敢從命，因為萬一有了『萬一』，那就太對不起筱玲了。再說國難將臨，何以家為？」

雷爺認為效鵬說的很有道理，立刻同意了。但是雷夫人很不諒解，堅決反對。效鵬是他們夫婦在孤兒院看到的，覺得他聰明可愛，就領了回家，供他上學讀書，養育他十多年了，而且還把獨生女許配與他，他們小倆口也恩愛有加，訂婚在即，他怎能說走就走了呢？

雷爺認為她是婦人之見，當他進入初級中學，改名為「效鵬」時，雷爺就認定他有大器之才了。正是「鵬程萬里，燕雀不識其志也！」雷爺不但得意的答應了，還為他介紹一位好友，是國軍三六八師師長韓守維將軍。韓將軍見效鵬氣宇非凡，將他以中尉侍從官任用，留在身旁，以便就近觀察。五個月後，有位老連長退休，即由鄭效鵬代理，在職期間，從操場到戰場都能揮灑出一片天地，表現優異，不久「真除」。一次黃家霸之戰，他指揮若定，以寡擊眾，有「常勝軍」之譽。四年時間，韓將軍升任第六軍軍長，鄭效鵬也升任三六八師一〇六團第一營營長。

再說鄭效鵬與雷筱玲二人，筱玲是位風姿綽約、才華出眾的美女，也是雷家唯一掌上明珠。效鵬則是英俊挺拔，有守有為的青年，對這位筱玲小妹，心儀已久，是正牌「英雄美人」的題材，只是礙於自己的身世，效鵬不敢造次，只能暗藏心裡。

提到「玲鵬之戀」是頗為羅曼蒂克的，並不低於莎翁筆下「羅蜜歐與茱麗葉」。話說一年十一月底，那天天氣乍涼，寒風刺骨，筱玲打了個噴嚏，頗有寒意。身邊的女傭小紅心細眼尖，從筱玲的袖口發現那件新織的淺灰色毛衣沒有了，天冷了，怎麼反而不穿長袖毛衣呢？似乎不合常理。關門夾到腳，就有這麼巧。就在這時效鵬過來了，小紅眼光像偵探般的投到效鵬的袖口，赫然發現那件毛衣已經穿在效鵬身上了。小紅的目光從效鵬的袖口拉到筱玲的臉上，微笑著打個「？」，筱玲會意的回笑一下，臉紅了。小紅向她點點頭，暗示保証「心照不宣」。小紅導演的這幕「默劇」有情有趣，沒有一句話，就把「劇情」交待清楚了。

經過這次默劇之後，小紅經常在暗中「看戲」，看著「纏綿悱惻，熱情似火」的一幕幕。那件毛衣也的確發揮了「一襲灰衣萬縷情」的溫馨與尊貴的效果。

小紅有了那些「資料」之後，心裡像僧敲月下門似的「推敲」了一段時間，為了急於成人之美，便決定向夫人「告密」，順便美言幾句。夫人聽了莞爾一笑，反問小紅：「你以為應當如何？」

「奴婢位卑，那敢進言。」小紅看出點端倪，喜溢眉宇。

「直說無妨。」

「我以為，我以為——」

「你以為怎麼啦？你說呀！」

「我以為小姐與鄭少爺，是男才女貌，如果有情人終成眷屬，豈不是椿天大的美事麼！」

「其實，我也早已看出一點眉目，男女之間的情意，就像打噴嚏，瞞不了人的啊。雖然男大當婚，女大當嫁。不過，暫時不要張揚，待我與雷爺商量後再說。」

「好，好，好極了！」

之後，夫人向雷爺說了，還輕描淡寫的把效鵬誇了一番。最後問他：

「你看呢？」

「效鵬的確是個可造之才，我亦早有此意，如今已水到渠成，何樂不為？」

「一襲灰衣萬縷情」本來就是一句佳話，後來再經添枝加葉的一渲染，成了男女情感方面的經典。也成了女子饋贈男友的最佳禮品。

他們這對情侶，有了天時、地利、人和優厚條件，像是稻田裡的秧苗，有了陽光、空氣、水，分分秒秒都在向上，都在成長，都在欣欣向榮。

雷爺及夫人對效鵬恩重如山，筱玲對他更是情深似海。這個山這個海，對他來說，這一輩子結草銜環也難報其萬一了。尤其是那件毛衣，大有「料峭風寒秋衫薄，溫馨送暖意更濃」的意味。

效鵬自從來到雷堡，如同神話般的從地獄一下子到了天堂，應該列為全世界最幸福的人，甚至使他不大相信自己原先的角色。尤其是筱玲，對他更是百般體貼，千般疼惜，萬般柔情。有了這些那些的不捨，這些那些的牽制。他的「投笔從戎」，的確是他今生今世最難決定的決定，最難選擇的選擇。

然而，他就這樣的決定了。

他就這樣的選擇了。

臨行前，他（她）們在月光下，筱玲握著他的手，眼中漾著欲凝欲滴的晶瑩，輕聲說：

「你是我心目中的王子——沒有白馬的王子。」

效鵬淺淺一笑，回說：

「你是我心目中的公主——有食人間煙火的公主。」

這對王子與公主走在月光下，走在春風中，走在熱火裡。他（她）們每走動一小步，都是人生的一大步。這一步也許是人生的開始，也許是人生的結束。分分秒秒都值得珍惜的，他（她）們想講的話太多太多，因為太多，反而「塞車」了，連一個字都說不出了。他（她）們互握的手，傳達出另一種無聲的「心聲」。同樣令人心醉，令人心碎。他知道，她也知道。

他（她）佇立著，幾乎是一致的，擁抱、狂吻，一次又一次的狂吻。這是從未經歷過的領域，一瞬間，同樣激發出一種人類原始性的本能衝動。他（她）們沐浴在一片火熱中，有著當初亞當與夏娃同樣的慾火。他（她）們同樣心跳加速，血脈賁張，每一個細胞急速加溫。

在擁抱、狂吻中，她忽然觸碰到他下體勃起的硬度，她的臉突然紅了起來。

這是她人生第一次觸碰到的最最甜美的經驗，她不知道怎麼形容才好；心花怒放？神魂顛倒？全對，全不對。她幾乎被融化了，她興奮得有點手足無措，有點站立不住。

雲雲霧霧，夢夢幻幻，她帶點靦腆，帶點羞澀……他（她）們內心共鳴著的震顫，那是一種愛苗成熟的極致，箇中玄機、美妙，他（她）們都能參悟。一個眼神，會心一笑，都是人生值得回憶的絕美。

他（她）們沒有言語，但也是心靈言語交換最甜蜜的時刻。心靈中的交流，脈脈中的對望，更勝於情深意濃的耳邊細語。

此時此刻，效鵬眼中的筱玲，不只是個美女，不只是個情人，也是一尊善解人意、令人尊敬的女神。他不禁有了疑心——是真？是假？是實？是幻？

天下真有這樣的美人麼？

天下真有這樣的美滿麼？

一聲霹靂，那是無聲的震動，那是來自神的旨意，他內心的震撼，把他的慾火、放縱，一下子震得無影無蹤，他感到對筱玲一絲一毫的遐想，都是一種冒犯，一種褻瀆，一種不敬。在那千鈞一髮時，他克制住了自己。

效鵬對筱玲深深一躬，肅然起敬。

「筱玲，對不起，我——」

「甭說了，我懂。」她用手捂住他的嘴：「我會等你，直到永遠。我的人不能跟你去，我的心會跟你去任何地方，常相左右。」

他（她）們再次擁抱，緊緊地，緊緊地。

效鵬熱淚盈眶，喃喃低語：

「筱玲，妳是我今生今世的最愛！」

筱玲替效鵬擦淚，還沒擦完，自己卻淚流滿面。

「妳看妳，妳看妳。」效鵬替她擦淚，他（她）們互相擦淚，擦著擦者，都笑了起來。

月色朦朧，彷彿存心在撩撥他（她）們。

秋風瑟瑟，彷彿在細數她內心的落寞。

他（她）們漫步醉月湖畔，微風把湖中他（她）們的影子撥弄得或聚或離。

他（她）們佇立著，凝視著，在看醉月湖中的自己。

筱玲淡淡一瞥，話兒近似嚴肅：

「你從軍了，成了英雄，有一天，『騎馬倚斜橋，滿樓紅袖招』，你將如何？」

效鵬莞爾一笑：

「韋莊的『菩薩蠻』，妳都用上了！」

「你別避重就輕，還沒回答我的話呢。」

「我呀，我會視而不見。」

「違心之言，」她看他一眼：「有何為證？」
「我是近視！」
他（她）們同時縱聲大笑，笑得天地失色。
「從軍了，在戰火中的快意與失落，在戰火中的重生與死亡，都不暇顧及了。同時也在戰火中找定位——歷史中的人生定位。輕若鴻毛，重若泰山；一瞬與永恒，任君選擇。」
「鴻毛與泰山、一瞬與永恒。」筱玲心想，孰輕孰重，孰令聽之？頗堪咀嚼。他（她）們走在月光下，走在秋風中，這對儷影，一顰一笑，一舉一動，顯得更美好了，也更淒清了。
往事豈止只堪回味？
關公營長走進雷家祠堂，在桌子上攤開一張地圖，手指在地圖的曲線上移動著，他說：
「這兒是黃河口，這兒是大肚山，這兒是通往楊莊的公路，這兒就是咱們現在的雷家堡。根據情報，日本鬼子橫田三郎大校統領的一個縱隊要從這裡通過，向北推進，企圖配合另一縱隊囲攻某一戰略重地，如果得逞，對我們整個大局影響很大。因此上級要我們無論怎樣，都要固守四天。」

「一個縱隊肯定配有野戰砲，假如他們先來猛轟雷家堡呢？」第一連周排長大轂轆提出意見。

「你說對了，咱想著人先通知雷家堡的人，除了自願支援我們的青年人外，其餘的全部遷出，以免池魚之殃。」

「那，果真如此，咱們又不是銅頭鐵腦袋，中了砲彈還不是剃頭拍巴掌——完蛋？」狗熊摸摸腦袋，好像一顆砲彈就要落到上面似的：「如果像這樣打法兒，連鬼影子還沒見著，自己就先翹了，做鬼也不瞑目呀。」

「敢情你怕啦？」武老二說。

「笑話！你也不打聽打聽，咱除了怕糟坊關門，還怕啥？」

「鬼子是有野戰砲，多在黃河口對岸，到雷家堡必須經過大肚山，高山峻嶺，峯巒嶙峋，只有一條小徑，凹凸不平，野戰砲行不通。它們離雷堡太遠，井深綆短，無濟於事。營長眼光落在第一連連長黃振松臉上：「你帶一連人外加一個排，到黃河口，我本人也去。第二連朱連長帶一連人，外加一個排到大肚山半山腰，居高臨下的堵住，副營長跟著壓陣。」

「雷家堡呢，一兵一卒也不留？」指導員說。

「大肚山與黃河口，是雷堡的天然兩大保障。由大肚山向雷堡只有條崎嶇小徑，坑坑凹凹，難若蜀道，有險可依，只要少許兵力，以備不時之需即可。」關公營長說。

「就由你帶一排人，排長九拐，以及雷堡自願留下的自衛隊部分人員。」

「部分人員是多少呀？」

「我也不知道。據我所知，他們自衛隊有一百多人，但不能作數，一定要雷爺拍板才能定案，二要人家自願才能作數。所以這都要等雷爺跟他們溝通好了才算。」

這要先著人通知雷爺和雷家堡的人來一趟。這項任務，就落在小猴子身上，他一轉身，剛要走，被營長叫住了。

「記住，只請雷爺和部分鄉民前來，其他的什麼都不准說。」

「是！」

「你順便問問有沒有空洋油桶，有的話，都帶來，越多越好。」

「幹啥？」

「別多問，快去！」

小猴子拉腿就跑，不多時，雷家祠堂裡裡外外像廟會似的，就集滿了人。小猴子把找來的四個洋油桶放好後，聽到關公營長在跟大夥兒講話：

「很抱歉，這麼晚了將各位請來，因為有一個縱隊的日本鬼子，要通過此地向北推進，如果得逞，對整個大局很不利，因此，本團奉命在此固守四天。團長因為事忙，特別交代本人向各位鄉親問安和報告一下。如果有人自願留下來支援咱們，非常歡迎，其餘的人，為了避免無謂犧牲，請儘快向順和集方向遷離。

「天寒地凍，半夜三更的怎麼走呀？」有人提議。

「你們幹嘛要在這兒開火？」有人質疑。

「咱家老娘病了，連床都不能起，怎麼走法？」有人訴苦。

沸沸揚揚，雜音四起。大夥兒提出的問題和困難，湯湯水水，源源不絕。

正在此時，雷爺來了，關公營長立刻迎過去，雙腳一併，「拍」的一聲，又來個舉手禮。接著說：

「伯伯您好，效鵬不能隨侍左右，很慚愧！」

「你能移孝作忠，我引以為傲。」雷爺拍拍他的肩膀，「你們突然大軍壓境，肯定有了大事件。」

「不錯，鬼子來了，本團奉命在此固守四天……」

雷爺朝中間一站，像座鐵塔，他臉上的紋路橫一道豎一道，斧砍刀刻一般，深淺都有力道，每一道都代表永不失敗的象徵，生來就像個大人物，跟當年美國飛虎隊隊長陳納德將軍一樣。說話聲若洪鐘，有著一言九鼎的分量，卓然不群的風格。蔣經國先生曾和他有一面之緣，曾說：「這個人幸虧跟我們站一邊。」現在他炯炯的目光向四方掃了一下，整個祠堂裡靜若「銜枚」。只有他的聲音在說：

「鬼子來了跟瘟疫一樣，會要人命的，誰都在數難逃。再說國軍弟兄們用腦袋瓜子頂著槍子兒，成天在風綠火紅中打滾，為的是什麼？就是保國衛民呀，咱們還好意思提出問題和困難嗎？希望各位不要再提困難，自己想法子克服困難。凡是願意支援國軍的請留下，咱自己也在內。」

雷爺這一說真管用，青年人由於敵愾同仇，大都留了下來，其餘的人也都回去準備遷離了。

留下的共有一百多人，分成三組，黃河口、大肚山、雷家堡各一組。

「報告營長，空洋油桶找了四個。」小猴子趁空問說：「擺在哪兒？」

「每個桶裡放掛爆竹，綁在大樹椏上。」

「離過年還早啊！這是幹啥？」

「雷堡兵力最弱，到時候洋油桶裡爆竹一響，霹哩叭啦，跟機關槍一樣，鬼子就估不透裡面佈下多少人啦！」

「爆竹呢？」

「狗熊跟胡大疤兒抬的那一大筐全是。」

小猴子這才弄明白他們兩人在急行軍時所以「掉隊」的原因了。

「效鵬，團長呢？」雷爺走過來說：「我去看看他。」

「他沒來。」

「噢？」雷爺好像看了一齣《小鳳仙》卻沒見到蔡松坡似的失望：「剛才你不是說他事情忙嗎？」

「咱是怕大批人出了雷堡，」他壓低了聲音：「難免不洩露軍機，因此——」

「因此你就白髮三千丈的吹起來了，好叫雷堡裡的人，以及日本鬼子的探子都以為你們至少有一團的兵力，是吧？」

「其實咱們只有一個營。」

關公營長走出雷家祠堂，天已經黑了。幸虧月亮趕來了，帶來一片光輝。

「效鵬！」聲音柔弱得幾乎聽不清楚了。

「是你！」關公營長仔細一看，詫異的說：「這種時候你還跑來幹什麼？」

筱玲楞住了，不知所措。效鵬也楞住了，不知所措。

一陣寒風吹過，筱玲問他：

「冷麼？」

「怎會，我穿著你親手織的毛衣呢。」他抬起手來給她看：「你瞧。」

「好幾年吶，你還穿著？」

「只有穿上它才夠溫馨，才彷彿我們常相左右。」

他的行為，他的言語，都很平凡。可是，卻使她感動得想流淚。她的行為，她的言語，對他亦復如此。軍旅倥傯，他（她）們也有兩三年沒見了，如今，她顯得消瘦些（這使他想起李清照「人比黃花瘦」的詞句，心有愧焉），也成熟些。所謂「成熟」，那只是知道「收斂」、知道「思考」、知道「容忍」，知道更多更多的約束自己，壓縮自己的代名詞。這些那些，能不令自己愧疚麼？

本來效鵬應該堆積了許多悄悄話要向她說的，肯定會博她一笑的。可是這次見面，趕上這個時候，這個地方，好像說什麼都不適宜了。

他們雖然沉默無語，可是他們眼角眉梢還在「傳真」內心的千言萬語，這是用不著有聲的言語的，然而他們都懂，這就是李商隱所說的「心有靈犀一點通」的吧！

「要開火了麼？」她跟他挨近些。

「嗯，」他說：「你不該到這裡來的。」

「為什麼？」聲音柔和中帶著能夠懾服人心的剛強。

「太危險了。」

「你自己呢？」

「咱不同。」他指指身上的軍裝：「你以為這只是一種取暖和裝飾麼？」關公營長臉脹得通紅——這下真的成了關公了，只是差了那把鬍子。他輕輕地、柔柔地低聲耳語：「來日方長。」

「可是你——」她那樣關切的眼神，那樣淒清的聲音，足夠把一座鐵塔給溶化掉。他縱有力舉千斤之鼎，聲有斷橋之威，也難以招架了。

半晌，她把手裡的紙包遞給他：「這個給你帶著。」

他默默的接過，也不問是什麼，傻傻的站在那兒，靦靦腆腆的。平時那種威風八面的豪氣，一夫當關的霸氣都不翼而飛了。

小猴子瞧著他倆失魂落魄的樣子，心裡越發咒罵起自己，本來她是不知道的，都怪自己大舌頭，自作聰明的偷偷告訴她了。雖說原本是番好意，沒想到弄巧成拙，不只是「吹皺一池春水」，而且弄成這樣說不清理還亂的局面。小猴子從來沒有恨過誰像現在這樣恨自己過。

「去吧！」關公營長再也「關公」不起來了，他的聲音哽哽咽咽地，像是有把鋸子在他的心上慢慢地、緩緩地，拉著、扯著。「咱——會——照——顧——自己——」

筱玲似乎不聞不見，還是直直的站在那兒，像塊石碑。

以往，他倆經常在這樣的月下談情說愛，而現在，同樣的「月下」，卻受著「生離死別」的煎熬。人生啊，若說如戲，這該算哪一齣？

「你這樣會要我一顆心掛幾處，」他急得幾乎要跟她下跪了：「那樣會誤事的啊！」

「你以為你是軍人，就應該有軍人的氣節。我是個中國人，就不該有中國人的氣節麼？現在我們能夠在一起，相濡以沫，同生同死，這是老天的成全，不是很美好的人生麼？」

「個人生死事小，如果誤了國家大事，怎麼得了？我一生中從來沒有求過任何人，這次我得求你了。」

此刻，他倆似乎有了同一症狀；在去留之間翻滾不定，地獄與天堂模糊不清。這種「不定律」牽動他倆脈絡與意識的跳動，不斷的撕裂人的五臟六腑。他倆的反抗、咆哮，甚至低聲求饒、妥協，統統失敗，統統歸零。

不能再猶豫了，再猶豫就有千古恨的災難。兩害取其輕，兩利取其重。營長在心裡不斷的推敲，不斷的衡量。最後終於下了決心，牙一咬，轉身走了。此刻，他真的進入了「忘我」的境界。

留下了筱玲，以及無邊無盡的孤獨與淒清。在亂世，人，是不應該有感情的麼？有了，只不過多了個傷心的機會罷了。

大悲無淚，大辯無言，就是這樣的麼？

雷爺跟關公營長領率一大批人馬到黃河口去了。第二連長朱宗徵率領一批人馬上了大肚山，面南為王。

雷堡有上百戶人家，都在忙著遷出，留下與雷堡共存亡的人也都在幫忙，不消兩個時辰，統統處理完畢。這麼大的雷堡，只有指導員和第三排弟兄以及二十多名鄉民自衛隊。

日本鬼子人多，裝備又精良，有了絕對優勢。按理，國軍應該甘拜下風。其實不然，國軍有的是精誠團結、視死如歸、與戰地共存亡的堅毅。這樣掂掂，國軍反而「略勝一籌」了。

「報告指導員，」排長王大誠說：「待會兒司馬懿兵臨城下，就得看你這位諸葛亮唱的『空城計』啦！」

「成，沒有問題，你瞧！」他朝地上一坐，拿出諸葛亮彈琴的那個架勢，就光屁股坐板凳——有板有眼的唱了起來：「我正在城樓觀山景，耳聽得城外亂紛紛。我也曾差人去打探，打聽得司馬領兵往西行。……你既到此就該把城進，為什麼在城外進退兩難，猶豫不決為的是何情？……」

「提起『空城計』，我倒想起一個故事。」指導員忽然停下來說。

「什麼故事？」

「民國多少年我記不清了，西北幾省鬧旱災，一連兩個月不見一滴雨，到處都龜裂得冒煙。中央為了救濟災民，組織一個救災委員會，請居正先生担任主任委員。居正到了上海，首先拜訪杜月笙，說明來意，杜月笙靈機一動，就請了黃金榮、萬墨林、陸京士等幾個上海有頭有臉人物，商議來一次京劇義演，從主角到跑龍套甚至文武場，全部都是名號很響的票友。」

「那肯定很有看頭了。」胡大疤兒說。

「地點是『黃金大戲院』，票價起碼十塊銀洋一張。就憑那幾個人物的招牌，場場客滿。最後一天的戲碼就是『空城計』，演諸葛亮是杜月笙，演司馬懿的是黃金榮。司馬懿兵臨城下，諸葛亮那段詞兒唱得抑揚頓挫，有韻有味，贏得不少掌聲。這時司馬懿就該給「唬」住了，下令退兵四十里。那曉得這個司馬懿偏偏不吃那一套。

「他怎樣啦？」這齣戲胡大疤兒跟他爹在縣城裡看過，很感興趣的問。

「你別打岔嘛！」指導員說：「他不但不退兵，還一聲令下：『衝進去』！一傢伙就真的衝進去了。」

「那怎辦？那怎辦？」二楞子急得又跳又蹦的叫了起來，彷彿在城樓上彈琴的就是他。

「坐在城門樓上的諸葛亮怎麼接招——劇本上也沒有這一招呀！」胡大疤兒顯得很內行。

「這台戲還能唱下去嗎？」狗熊也跟著問。

「還唱什麼，趕緊落幕。好在他們個個都是響叮噹的頂尖人物，所以觀眾也沒有起鬨。」

「司馬懿為啥不按牌理出牌，幹嘛要衝進去呢？」

「杜月笙也曾這樣責問黃金榮，你們猜他怎說？」

「猜不出。」胡大疤兒直搖頭。

「黃金榮理直氣壯的說：『你們到處都貼著「空城計」，你們當我連這三個字都不認識嗎？既然是空城，我還不敢衝進去，將來正史、野史怎麼樣的寫我這個司馬懿？從此以後，杜月笙再也不敢輕意的票戲了。」

大夥兒被逗得大笑起來，在笑的聲浪中，哪裡還有一丁點兒戰雲彌漫的氛圍，二楞子原有的那點兒初臨戰場的「菜鳥」心態也沒有了，幾乎忘了這裡不是你死就是我亡的戰場，而是承平歲月中什麼廟會似的。

「報告指導員，待會兒司馬懿就要來了，那可是真刀真槍真傢伙的啊，你這位諸葛亮還會處變不驚，臨危不亂嗎？」王大誠斜著眼撇著嘴，話裡話外都帶著當年楚王初見晏子的那種不屑。

「你別門縫看人——把人給瞧扁啦！」指導員還順手送了他頂高帽子：「再說還有你這位常勝將軍趙子龍在一旁，我就有了靠山，跟著『目中無人』啦！」

「別拿牛屁股當小喇叭吹了。」胡大疤兒撇撇嘴，悄悄地說：「等會就像推牌九，一翻兩瞪眼，等著瞧吧！」

三更時分，所有的戰備工作都已妥當，就像草船借箭裡說的「萬事俱備，只欠東風」。大夥兒都像張飛捉老鼠——大眼瞪小眼的瞪著。

懸在天空那輪圓嘟嘟的月亮，白糊糊的像是曹丞相那張大白臉。四周靜悄悄地，只有十一月底的西北風從山口子灌進來，打著唿哨，像紮綉針似的刺進人的毛孔裡，不知有多難受。首當其衝的就是眼睛，睜著不是，閉著也不是，眼裡眼外，全是沙子。

「它奶奶的，怎麼還不來？」狗熊急得抓耳搔腮。

「別急，到時候咱們要一槍就撂倒一個，別讓跑掉！」胡大疤兒不曉對誰說的，又像是自言自語。

「跑掉？真它奶奶鮮活！」王大誠掏出香烟，遞一支給胡大疤兒：「在咱的槍口下，只要搆得著，連隻狡猾的白狐也甭想跑掉，何況是窩鬼子？」

「對了，你跑一奔子暖暖身子，」指導員跟二楞子說：「到雷爺家看看，他們蒸的饅頭好了沒有。好了的話，就請他們趕緊給黃河口、大肚山腰送去，我們這兒你就順便帶點回來。再遲，就恐怕沒空子吃了。」

「是！」

「喂，有燒刀子順便捎點兒。」胡大疤兒呵著手說：「這種熊天氣，能把人凍得縮成小老二。」

「咱這兒有半人高茶壺一壺呢！要唄？」一直沒吭聲的周大柱子朝胡大疤兒面前一站，誇張的做出解褲「掏傢伙」的動作。

胡大疤兒朝周大柱子屁股上狠狠踹了一腳：「你那壺呀，留給你兒媳婦喝吧！」

天冷！二楞子一奔子就到雷爺家，剛好碰到饅頭剛出籠，二楞子嚥著口水說：「請你們馬上送過去吧；黃河口兩籮筐，大肚山腰兩籮筐，愈快愈好。」另外，二楞子自己動手包了兩大包，揹在身上，又帶了一鉛桶有湯有菜的大雜燴，算是「滿載而歸」了。

「各位趁熱吃吧，」二楞子把饅頭分給大夥，正好一人二個：「人是鐵，飯是鋼，一頓不吃餓得慌。」

「你們是客，」請纓殺敵的鄉民說：「你們多吃一個。」

「一律平等，現在我們站在同一戰場上，是一體的，同生同死，還分什麼你我？」

狗熊從口袋裡摸出兩根大葱，在褲子上擦擦，拿一根遞給胡大疤兒，另一根朝饅頭裡一夾，兩口就幹掉半個。

胡大疤兒接過大葱，並沒有好臉色，他說：「你瞧瞧你那條褲子，擦了比不擦還髒！」

「哪有那多熊毛病！」狗熊又是兩口，一個饅頭就下肚了：「這叫做不乾不淨，吃了沒病。」

第二個饅頭剛咬了一口，狗熊忽然將饅頭往口袋裡一塞，抹抹嘴用手一指：「你們瞧！」

大夥兒一瞧，果然有幾個黑影子，鬼鬼祟祟地摸過來了。

「搆不到不准開槍。」指導員下達命令。

幾個小鬼越來越近了，其實他們早已暴露了，死在眼前，還躲躲藏藏的大夢未醒呢。

「可以幹了吧？」狗熊急得像是剛上了籠頭的驢駒兒，刨蹄踢腿的說。

「不行。」指導員穩如泰山。

「那，咱們就這樣耗吧！」狗熊雖然沒有把指導員放在眼裡，可是軍隊裡講究的是倫理，服從是維繫倫理的命脈，誰也不能違背。他一氣，把口袋裡的大半個饅頭掏出，一傢伙就吃光了，好像不這樣出出氣，就能憋死似的。

那輪白皓皓月亮，剛剛從一堆烏雲中探出頭來，一見下面的陣勢，給嚇得頭一縮，又躲進雲堆裡去了。

「嗚——嗤——崩。」聽聲音，是迫擊砲，掀起的黃土像陣雨，二楞子險些被「活埋」了。

「快到這邊來，臥倒！」指導員說。

二楞子連滾帶爬的到了他的身旁，混身的泥土，彷彿剛剛鑽出浮土的地老鼠。正在樹上歇宿的老鴰子，美夢也被嚇醒了，又不瞭解情況，呱呱的在天空飛了一圈又一圈，最後也不知飛到那裡去了。

緊接著，機搶也響了。

密集的槍砲聲，夾著呼嘯的風聲，使人面對面講話也得大聲喊著，跟吵架一樣。

二楞子趕緊跑去點爆竹，這邊點好點那邊，四面八方，一齊炸開了，噼噼啪啪，在靜靜地黑夜裡，真有驚天動地、雷厲萬鈞的聲勢。連氣燄燎人的小日本鬼子，也給嚇得不敢輕越雷池一步了。

不曉從那兒摸上來的，忽然兩個鬼子幽靈似的竄到狗熊和胡大疤兒身後，舉起刺刀，在千鈞一髮時，指導員一躍身「飛」了過去，說時遲那時快，提起手裡的卡柄，左右一開弓，動作乾淨俐落，那兩個鬼子被搗得「狗吃屎」，胡大疤兒一轉身，「噠噠」兩槍，一人一粒，連一顆子彈也沒多用。

現在大夥兒對「白面書生」指導員才刮目相看，原來他不是個凡夫俗子。

「來吧，來一個殺一個，來一對殺一雙。」狗熊好像殺上癮了：「再來幾個正好做掩體。」

真是一腳踢出個屁來——就有那麼巧法兒，二楞子剛剛趴下，一顆子彈由狗熊的鋼盔上，一彈，就跳進二楞子的脖子裡，燙得二楞子在地上一連翻了幾個「驢打滾」。

「唷，二楞子呀，你真有雅興，在這個時候，還來了這套功夫？」胡大疤兒說。

二楞子驚魂未定，沒法子向他解釋，也不想向他解釋。

「鬼子想進入雷堡，無路可走，充其量小貓三隻四隻的偷溜進來，也是死路一條，不能成為氣候。」指導員說：「二楞子，我們到黃河口去看看。」

「報告指導員，這兒有咱，放心好了。」王大誠排長第一次跟指導員這樣彬彬有禮。「咱早已抱定了決心——與雷堡共存亡了。」

「記住，我們要活著固守四天。」指導員說：「達成任務最重要，千萬不能死！」

「是！」王大誠說：「我絕對不會死，否則，我就是大王八！」

黃河像匹淡黃綢緞飄在一片大野上，河水滾滾而流，跟著自然界的律動，自強不息。從開天闢地的洪荒歲月，一直延續到今天，日復一日，莫不如此。河岸一片黃沙，一眼望去，無遠弗屆。承平年代，河中有畫舫三三五五的結伴而行，樂聲、歌聲齊揚，和沙灘上孩子們的嬉笑匯成一片，再加上老人們的和藹溫馨，把這片人間實景更添上一層慈光照人的宗教色彩。

這麼平靜無波的人間樂園，怎麼突然變了呢？同樣的黃河，同樣的沙灘，同樣的月光，現在卻變成馱負著一部分歷史的片段——這個片段確是最悲慘、最恐怖、最驚心動魄的一幕。

鬼子在對岸的野戰砲一字排開，肆無忌憚的以國軍守著的河岸上為落彈點，由十公尺、十五公尺、二十公尺……逐步向前推進。一群鋼板船在砲火掩護下耀武揚威的長驅直入。鬼子一上岸，就用機槍、衝鋒槍地毯式掃射，企圖封鎖國軍的出擊。他們一面向前挺進，一面嘰哩咕嚕說些人們聽不懂的「鬼話」，觀言察色，似乎已在慶祝登陸成功，一臉勝券在握的熊樣子。

鬼子登陸之後，鋼板船立即返回，以免被敵擊沉，同時也含有「破釜沉舟」的宣示。

這種人類史無前例的大災難，即將登場，並不會因你閉上眼睛，捂起耳朵，像駝鳥似的把頭埋在土裡就會逃過一劫了。

鬼子的本性就是殘酷——毫無人性的殘酷是怎麼形成的？沒有答案。

比如，他們駐在城市中，經常下鄉掃蕩，一路上只要稍稍像樣的房屋、學校、祠堂統統燒掉。看到男子，不管老少，一律槍殺，看到婦女，不管老幼，一律先姦後殺。有時舉行比賽，看誰的「刀功」厲害，一刀下去就能人頭落地。有時比槍法，把人綁在樁子上，在百碼之地射擊，看誰能一槍斃命。他們「玩」得意興奮發，樂此不疲。那些被殺被斃的「道具」，統統是中國的善良百姓。

他們把殺人像吸毒一樣，已經上癮了，如果三五天不殺人，就會心癢手癢不自在。世界上怎會有這樣嗜好殘殺同類的物種？

「狼心狗肺」，是句罵人很惡毒的話，可是有誰見過狼或狗咬死同類？可見鬼子比起那些狼、狗還要惡毒多了，真是連畜牲都不如了。

憑心而論，小日本的堅貞與對天皇的「死忠」如一，這點令人不能不大大的敬佩；如果他們沒有用錯了地方。

鬼子前進三百公尺左轉，地名「五槐樹」，可以說一路綠燈，通順無阻。到了這裡，算是「瓶頸」。他們也非等閒之輩，已有了先見之明，火力更加密集了，已經到了風不透雨不漏的程度。那些生命交在「滴噠」一聲中響著的每一秒中都可能畫下了休止符。煙硝彌漫，迷得人張不開眼睛，嗆咳不已。這般狀況，並不意外，正像戰前國軍沙盤推演如出一轍，這也說明了敵我雙方都有高人謀士，運籌帷幄，決勝千里。

國軍的戰壕工事重點，完全設在瓶頸兩邊，當鬼子進入「瓶頸」，時機成熟，國軍一下子從戰壕裡傾巢而出，勢若山崩，氣貫長虹！

渡邊尤夫率領的這個支隊，確是一支有勇有謀的菁英，在侵略中國的戰役中，擁有「攻無不克」的美名。此刻，他們受了重傷，臨終前仍然振起「武士道」精神，吐出囂張之言：「我們日本皇軍的字典裡，只有『戰死』，沒有『戰敗』的詞句。」停了停，又說：「今天中國國軍遇到了我們這樣的皇軍，算是你們遇到了對手。我們皇軍遇到你們這樣的國軍，也算是我們遇到了對手！」

在戰場上，第一次聽到狂驕的日本皇軍這樣的心聲。

戰書上說，「窮寇莫追」，此刻的鬼子正是典型的「窮寇」，而我們「莫追」，行嗎？

日本鬼子所以橫行霸道的侵略我們，為所欲為的欺凌我們，其實就是因為我們秉性柔弱，又像一盤散沙，等於給了他們一種鼓勵，引誘強敵的環視，終於有了蠶食鯨吞的行為。如今狼虎已經登堂入室，而且得隴望蜀，還想擴大侵略。如今我們終於勇敢的站出來了，並且予以迎頭痛擊，把一直狂妄自大的「皇軍」殺得抱頭鼠竄，他們企圖殺出一條血路，與大肚山田橫太郎司令領導的一個縱隊會合起來，一旦得逞，如虎添翼，那麻煩就大了。如今國軍正如面臨積薪將燃，還能寢薪為安？還能墨守窮寇莫追？因此，國軍必須乘勝追殺，徹底消滅！

鬼子深知覆巢之下無完卵，丟開「武士道」精神不說，拼是死，不拼也是死。因此，不管傷得怎樣，只要一息尚存，還是奮戰不已。

國軍弟兄們，像是受苦受難的孩子，在一夜之間長大了，知道了有所為有所不為。他們與「窮寇」展開一場的血戰，一種巨大的足夠改變世界的能量，瞬間爆發出來。

騾子一刺刀戳進一個鬼子胸膛，用力過猛，拔不出來，就不拔了，順手取下被刺的鬼子手裡的槍刀，再刺下一個，忙得不亦樂乎。

槓子頭力大無窮，名不虛傳。他帶著氣吞山河的霸氣，一刀下去，快若閃電，把鬼子的頭顱砍了下來，在地上滾了一圈，眼睜得好大，人還站立著。脖頸上鮮血像泚花爆竹，噴得槓子頭一身是血。

肉搏戰其實也不是全用刺刀。衝鋒槍、步槍、手榴彈，鋪天蓋地的全都用上了。你來我往，拼戰了一個多時辰，真是橫屍遍野，血流成河！

「王八蛋」最慘了，他受傷了，卻一躍身向前衝去，撲向一挺吐著火舌的機槍，同時拉開了手榴彈的拉火栓扔了出去，那挺機槍和鬼子在一聲爆炸中粉身碎骨，可是王八蛋，全身的彈孔就像蜂窩了。

最感人的就是年高八十的雷爺，戰爭的序幕一拉開，他就身先士卒，奮勇殺敵，這比十萬大軍還要鼓舞士氣，經過熱烈戰鬥，他不幸身中一彈，血流如注。

「快，快將雷爺抬回敷藥。」關公營長吩咐小猴子說。

「你們現在一個人當幾個人用，甭為我操心。」雷爺用手捂著胸口：「戰爭不是遊戲，哪有不傷人的？」

「雷爺，你不能讓他們再打下去了。」一位臉上犁滿了風霜的莊稼漢，一把扯住帶傷的雷爺，跪在地上說。

「你瘋啦？」

「咱是瘋了，咱怎能不瘋？」他指指那堆剛剛堆起的浮土：「你看看啊，要是你的兒子躺在裡頭，你能不瘋？」

「這種慘絕人寰的事，完全是日本鬼子作的孽。」雷爺說：「老洪呀，如果不打，就會有更多的人像你兒子那樣的啊。」

「可是，可是——」

「沒有可是，只有勝利，只有成功。勝利的保障，就是信心成熟的檢驗。」雷爺忍著傷口的疼痛：「尤其是這次戰爭，事關整個大局，輸不起啊！否則，日本鬼子就會更加囂張狂妄，肆無忌憚了。」

大轂轆一梭子彈打倒了最後三名好腿好腳的鬼子，也為這場戰爭畫下了最後句點。一種旋乾轉坤的時辰到了，一種全新的時代降臨了，一種以寡擊眾的神話出現了。大轂轆一興奮，竟然手舞足蹈的高歌一曲：

叫老鄉，
你快去把戰場上，
快去把兵當，
別叫日本鬼子來到咱家鄉，
老婆孩子遭了殃，
看你怎麼樣？
看你怎麼樣？

你別說，
日本鬼子難找我，
你不當兵俺不出去，
想個法兒躲，
無人打仗亡了國，
看你怎麼過？
看你怎麼過？

再說其中一個受傷的鬼子，是台灣人，被徵兵去的，他會說華語。他有氣無力的哀求著，「你們行行好，再補我一槍吧！」因為他下面的子孫堂中了槍，全部完了，再也活不下去了。是愛？是恨？是敵？是友？……百川歸海，終結我們是「人」，是人就該有「人」的心腸，「人」的作為。武老二瞧著不忍，就含淚補他一槍。

「你捅出漏子啦！」大金牙說。

「我聽不懂。」

「他是受傷的戰俘，在國際法上，是不可以虐待戰俘的，你怎能把他斃了呢？」

「他子孫堂中了彩，全沒啦，那比『宮刑』厲害多了，宮刑只是割去睪丸，而他，則是一槍毀了『全部』，怎麼也活不成——多活一分鐘，就多受一分鐘的凌遲。」武老二竟然老淚縱橫的說：「我實在於心不忍，我寧願接受任何處罰，無怨無悔。如果，我若不給他補一槍，我會活活憋死！」

在幾分鐘之前，他們還是誓不兩立；不是你死就是我亡。而現在，武老二竟然為一個「罪該萬死」的敵人流淚，為他解脫，甚至心甘情願的為他接受懲處。這說明了一件事，這就是「人」的世界，有一種比生命還重要的理智與情感，不是畜牲。

這一瞬間，顯現出中華民族的傳統文化——「人之初，性本善」的美德。這是一種人性的本能，身為中華民族的子孫，把這種美德一代一代的承傳下去，揮灑出一片輝煌燦爛的人間大愛。

自有人類以來，有人見聞過這樣矛盾的組合麼？

如果當時有家電影公司的製作人在場，把這一幕實況畫面拍下來，再根據這樣的劇情發展，製作一部電影，肯定會贏得一座「人性化」最佳劇情金像獎。

戰火已熄，清理戰場，鬼子除了四十多名傷殘俘擄，其餘的「全軍覆沒」。

國軍應該手舞足蹈了吧！

然而沒有。

國軍應該欣喜若狂了吧！

然而也沒有。

國軍雖然勝利了，但也勝得很慘；國軍與雷堡鄉民，也死傷過半。首先領頭出擊的是第一連連長黃振松，第一個成仁的也是他，他是中華民族「軍人魂」的典範。

那些「走」了的弟兄們，一個個都是如手如足的夥伴。昨晚，或者說今早，不，就在一頓飯之前，他們都還活蹦亂跳，都還沒大沒小的在一起說笑，怎麼說走就走了呢？

有的身受重傷，還活著，還能說話。他們互相扶持，互相安慰，心心相印，此情此景，這不正如莊子所說的「涸轍鮒魚，相濡以沫」。

關公營長一直還不相信這是事實，還不能接受這是事實。

在風綠火紅的彈雨中，人的生命都像陽光下的露水珠兒，說消失就消失了。誰都知道這些，誰都不在乎這些。四周靜靜的，像在默哀；這裡那裡，漾著一種「風蕭蕭兮易水寒，壯士一去兮不復還」的悲壯與蒼涼。

這群弟兄們，也都是有著血肉之軀，也都是有爹有娘有感情的生物，也有許許多多的牽掛，許許多多的企盼。一旦面臨大是大非時，他們就自自然然的不把個人死生放在心上了。他們沒有白白犧牲，因為有了他們的大忠大勇，中華民族的正氣有了光采，中華民族的脊樑直了起來。

「這裡暫且告一段落，鬼子就是吃了熊心豹子膽，暫時也不敢重蹈覆轍了。張排長你帶幾名弟兄在這兒留守，順便清理一下戰場，有情況先放兩槍，咱和指導員要去大肚山。」

「是！」張排長答得有夠響亮。

「營長，咱有句話不知該不該說？」一個雷堡青年雷大宇，是雷筱玲的堂兄，敘起來該是關公營長大舅子。

「說，你說！」

「黃河口鬼子全軍覆沒，是我們佔了地利的優勢，可也傷亡過半。大肚山昨天也打了一仗，鬼子只是試探性的，並未全力以赴。現在咱們連同民兵攏統只有一百多人，鬼子再來，可能十倍於我們，裝備更是不成比例。同時他們受了黃河口戰役的刺激，老羞成怒，更增加了「報復」的心態，像這樣我們光靠『民族大義』成麼？」雷大宇憂心重重的說：「划得來？」

「戰爭中的數字比例，不是勝敗唯一關鍵。『楚雖三戶，亡秦必楚。』咱們革命軍人只問應不應該，不問划不划得來。這次為了大局，一定要打，而且一定要打贏！」關公營長放低聲音說：「國軍弟兄有單一責任；保衛國家，你與我，則有雙重責任；除了國家之外，還有雷堡。」

雷大宇瞠目結舌。

「說句不怕見怪的話，」營長又說：「假如你有顧慮，去留你自己決定，人各有志，咱們決不強人所難。」

「你們不怕難不怕死，把腦袋瓜子拎在手上，咱還能裝孬說熊話？」雷大宇挺了挺胸，一副氣壯河山的樣子。

「咱們後死的人責任更大了。」指導員說：「要給死去的弟兄報仇，要替多難的國家除害！」

「會的，咱們一定會的！」大轂轆的聲音被悲憤扯得走了腔失了調，好像胡琴沒有調好音，發出的那種撕裂人心聲音。

大塊頭突然跑過來，請營長去接電話。

營長過去，拿起話筒：

「是，是！……我們這兒很好……沒有問題……黃河口的敵人全軍覆沒……團長剛剛離開……保證勝利。」

大塊頭提醒營長：

「營長怎麼說沒有問題，我們已快要彈盡糧絕了。又怎麼說團長剛剛離開……」

「是鬼子偷接我們電話線，探聽軍情的，不是軍長打來的。」

「是軍長呀，還一口湖南腔啦。」

「破綻很多，他一開口就說『我是韓軍長』。」

「沒有錯呀，他本來就是韓軍長嘛。」

「他在電話裡都是說『我是軍長』。他又要我找團長講話，你想想看，團長沒來他會不知道嗎？」

「哦，哦！」大塊頭像是吞下一個剛出鍋的湯圓，燙得呲牙裂嘴，吐不出吞不下，一連「哦」了好幾聲。心想，幸虧反應快，不然，咱們準要吃大虧了。

眼前一片全是煙霧濛濛，所有的人都像剪影，如夢如幻。胡大疤兒，大狗熊……在走動，飄飄蕩蕩，一個個都是真的嗎？不像。都是假的麼？也不像。

小猴子走起路來頭重腳輕直打晃，看到什麼東西的顏色都是黃的，而且比原來大上兩三倍，比方說，胡大疤兒腰眼上掛著的那個鋁碗，就像菜盆子。距離也拿不準了，狗熊把支煙吸了一半，另一半要給胡大疤兒，直往胡大疤兒眼裡塞。

「二甩子，你討了媳婦嗎？」大叫驢想提提神，沒話找話說。

「沒。」

「他有相好的，」武老二伸出五個手指搖一搖：「五個。」

一陣爆笑，二甩子的臉一下子紅得像猴屁股。

「二甩子呀，」武老二又問：「你當兵多久啦？」

「四年。」

「喲，人家說，當兵三年，老母豬賽貂蟬，你已經四年了，應該怎說？」

「看到牆上裂條縫，」花和尚說：「就會心猿意馬啦！」

「花和尚呀，你該是吃齋唸佛的人咧，怎麼這樣饞呀？」

「吃齋唸佛是和尚，可是咱的頭上多個『花』字，就有點走入『花』叢的意味啦。」

太陽甩西時分，對面有一個人遠遠的搖著一面旗子喊話：

「中央軍弟兄們請注意，我們只是『借路』一下，什麼條件都好說，只要你們願意的話。」

胡大疤兒「嘩啦」一下把子彈推上了膛，但被指導員阻止了。

「現在雷家大小姐雷筱玲被我們請來了，我們待以貴賓之禮。如果你們不識相，我們也只好『撕票』啦！」

天寒地凍，西北風像把刀子往人的骨縫裡鑽。關公營長的額角上仍然冒出汗珠子，他咬銼著牙，吼了起來：

「把那個狗日的撂倒！」

「慢，」指導員說：「我們可以從長計議。」

「你是說，」關公營長指著指導員的鼻子：「給他們放行？讓他們通過？」

「不是放行。」

「那是什麼？你說！」

「我的意思，可以跟他們談判。」

「跟鬼子談判？」他的兩隻眼珠子像要蹦出來了：「荒唐，簡直荒唐！」

「請放心，決不妥協。」指導員一副風淡雲清的樣子：「我一個人去。」

「我的天，那比妥協還糟糕！告訴你吧，你去跟鬼子談判，等於又自動送上一個人質。」他抽出腰間的手槍，聲色俱厲：「你一定要去，現在我就斃了你！」

「營長請先息怒，這一仗我們一定要打下去，更重要的，就是一定要贏！」營長和指導員翻臉了，甚至劍拔弩張，如果一旦動起手來，站在一旁的花和尚就不曉得站在那邊是好了。

「我還有一點要補充；就是我們的任務是固守四天，在兵力與裝備如此懸殊，雷大小姐又被他們擄去了，因此，我們一定要能應變，以智取勝。如果只圖一時意氣用事，縱然是求仁得仁，不能完成上級交付的任務，又有什麼用呢？」

「你的意思？」

「其實我也不是跟他們談判，只是拖延時間，多拖一分鐘，我們距離成功就接近一分鐘。姑不論結果怎樣，你們還是堅守一個原則，絕不讓他們越雷池一步。」指導員像是運籌帷幄的諸葛亮，胸有成竹的說：「鬼子的鬼計多端，我們正好以其人之道，還治其人之身。」

「你沒有想到，最後他們會饒過你嗎？」

「埋骨何需桑梓地，人生無處不青山。」指導員吟哦兩句詩，表明他的「赴義」心志。

關公營長被感動了，也更加走投無路了。

指導員用手圈在嘴上跟鬼子大聲的嚷了幾句，就這樣單槍匹馬的去了。那的確比衝鋒陷陣還要有更大的勇氣，不然，怎會有「慷慨赴死易，從容就義難」的句子呢？大夥兒都目不轉睛的盯著這一幕實景的移動，千百年以來從沒有過的實景！指導員的腳步每挪動一步，人們的心臟就像被牽扯一下。淚水在眶子裡打轉，好不容易憋了回去，一下子又要溢出來了。最後，竟然成了涕泗縱橫，不可名狀。

以往，大夥兒都認為指導員是個「白面書生」，是個「綉花枕頭」，沒想到他竟然是個繼往開來「龍的傳人」，沒有他，這段歷史就無法落笔。

由於指導員的單刀赴會，平靜了不少時辰。可是在這段等待下文中，大夥兒一顆心都像擺在刀口上，那真比「豆在釜中泣」還難過（中日兩國比鄰而居，也算是兄弟之邦啦）。

直到第二天中午，好像過了一個世紀。他們已經三天三夜沒闔過眼了，兩天兩夜不曾吃過東西了。誰都需要吃點東西，誰都需要休息。誰都沒有東西吃，誰都不能休息。

大塊頭從來沒有揹負過這麼沉重的疲勞，全身筋筋骨骨都散了板似的。眼皮子上好像壓了塊石頭，在端著槍的當口，就打起盹來，夢裡自己掛了彩受了傷，一驚醒了，這裡那裡摸了一陣子，才知道是在做夢。

「大轂轆哎，來，咱們乾一杯！」狗熊瞇著眼睛說。

武老二像個晃出酒館的醉鬼，一搖三晃的走過來。走的明明是平地，卻拿出爬山的那種架勢，大概他深怕一腳踏了空，弄得高一腳底一腳。像是阿姆斯壯在月球上飄浮式的漫步。眼睛望著地，話兒卻是衝著狗熊說的。

「狗熊呀，醒醒吧！別他媽的睜著眼睛說瞎話，等到鬼子給你一顆黑棗，你就去跟大轂轆乾一杯吧！」

「唔，」狗熊眨了兩下長滿了眼屎的眼睛：「敢情大轂轆真的走啦？狗娘養的，他還欠咱一瓶酒啦！」

氣壓很低，空氣沉悶得令人窒息。關公營長的眼睛空空茫茫的呆望著遠方，好像在望著以往那些煙似的、雲似的歲月。那些日子，誰都經歷過，春耕、夏耘、秋收、冬藏，人們效法自然，日出而作，日落而息。彼此守望相助，相濡以沫。再窮，也過得安安穩穩的日子，日本鬼子卻像陣魔風，把那些承平景象，太平歲月，颳得無影無踪。以往那些點點滴滴，已經摸不著看不到了。那真是「歷盡滄桑身猶在，重過黃粱夢已無」了。

尤其老人們，點上一袋煙，吧嗒吧嗒吸了兩口，腦子裡彷彿有條通往從前歲月的大道，思想順著大道一溜煙就到了「從前」。

唉！誰能不巴望著那些呢？可是，誰又能巴望到那些呢？

是意內的，指導員的談判「崩」了，對面又來了大隊人馬，場面不一樣了，言語與面目也不一樣了。最前面的就是雷家大小姐和指導員，他們兩手都背在後面，肯定是被綁著的。

「中央軍的弟兄及雷家堡的鄉親們請注意，千萬不要開槍，你們的指導員和雷家大小姐都在前面，首當其衝」。擴大器又像鬼叫似的響著：「我們只要從雷家堡前的公路通過，保証秋毫無犯，也保證你們的指導員和雷家大小姐毫髮無傷。」

鬼子人馬緩緩地向前移動，喊話聲也越來越大。

這該怎辦？這該怎辦？……沒有人能夠答得出。撇開指導員不說，單以雷家大小姐來說，他是雷家的獨生女，也是關公營長的未婚妻。雷爺對營長「恩動如山」，雷大小姐對他更是「情深似海」。而現在，就是營長抉擇的時候了。「一言興邦，一言喪邦。」他呀，他已失去了何適何從的智慧，誰能給他指點迷津？……。

真是屋漏又逢連夜雨，正在要命的此刻，雷爺家的長工三禿子上氣不接下氣的跑來了，喘著大氣說：

「雷爺的傷勢惡化，恐怕——恐怕不行了。」

在這要命當口，傳來要命口信。關公營長抱著頭，默問蒼天：「誰能救我？誰能救我？誰能救我？！」

「雷爺要咱捎個信來。」

「說，快說！」

「請你不要因私忘公。」

「我會的。」

「請你好好照顧咱們家大——小——姐。」

「哦，哦——」他睜著一雙空洞的眼睛，空洞得好恐怖！

他的耳畔不斷的響著雷爺的叮嚀：「你要好好的照顧咱們家的筱玲……。」

雷筱玲是關公營長的最愛，是他的生命。她給他的是曾經、現在、以及未來一切美好的希望。

「如果你們一開槍，」擴大器不斷的傳來鬼叫聲：「首當其衝的就是你們的指導員和雷大小姐。……」

關公營長的手指伸直了，像抓著什麼似的，又緩緩地攥緊，關節給攥得「格格」響。他從沒有這樣兩難過。

全來了，全世界所有的大災難、大痛苦、大悲慘，全來了，全堆在他的肩上，他的心上。

上帝有知，也該為他流淚。

佛祖有知，也該為他流淚。

大夥兒都屏息靜氣，鴉雀無聲，像在默哀，這是亙古未有的「大沉默」！沒有一個人走動，沒有一個人出聲。像是電影放映時忽然故障了，畫面靜止不動了。

三禿子一抬頭，突然驚天動地的嚷了起來：

「那不是咱們家的大小姐嗎？老天爺呀，她怎麼被他們弄過去的呀！……」

鬼子向前逼近，八百碼，七百六十碼，七百碼……愈來愈近了，愈來愈近了！大夥都用同樣的、難以形容的目光盯在關公營長的臉上。營長的眼睛裡冒著煙、冒著火。喉頭節上上下下的蠕動著，彷彿隨時都會放聲一哭似的。

「我該怎辦？我該怎辦？……」他仰天長嘯。此時，他真的叫天天不應了。

六百碼、五百五十碼……關公營長的臉給扭曲了，根本不像是張人的臉。他真的發瘋了，著魔了！不然，怎麼會這樣呢——突然吼開了：「射擊！射擊……」

「求求你，求求你！」三禿子一下子跪了下來，不停的磕著頭，不停的叫著：「不能開槍呀，不能開槍呀，雷爺家只有這一條命根子呀……」

不只是三禿子一個人，所有的人都跪下來了，都聲淚俱下跟著哀求。

「報告營長，」狗熊的嗓子裡像是塞了把秫稭，哽咽著說：「這一仗——咱們——就——就——」

「射擊！」關公營長臉紅得像要噴出血似的咆哮起來——那是一種心靈絕望的怒火，化為憤怒的咆哮：「這是命令！射擊！射擊……」

「噠噠噠噠，噠噠噠噠……」

「蹦——咻——蹦——咻……」

雙方殺紅了眼，你猛攻過來，我反撲過去，互不相讓。鬼子依仗一切優勢，國軍則僅有一項「不怕死」。一時糾纏得難分難解。比如二楞子，是為了「我要活下去」才出來當兵的，而現在，他也「不要活下去」了。他向前衝去時，不幸中了兩槍，他還是撲向日本大佐身上，拉開了手榴彈，這一瞬間，他笑了，笑的很陽光。一聲爆響，他與那個大佐同歸於盡。他沒有白死，他成為大夥心目中的榜樣，不是他那個人，而是他的作為，他的鮮血。

更早衝出去的不是二楞子，而是曾經「反戰」最烈的洪老爹，他一起跑，人們就大喊「臥倒！臥倒！」機槍對著他掃射，他都置若罔聞。像天神般的如入無人之地。他究竟中了幾槍，沒人知道。最後他還是把手榴彈丟給一名機槍手，大喊著「還我兒子！」他與機槍手同時炸得血肉橫飛。

對洪老爹來說，他是個吃齋唸佛的人，不該那樣犧牲的，可是他就是那樣壯烈的成仁了。所謂「烈火辨玉」說的就是如此這般的吧！

「今天算是『最長的一日』。」關公營長兩隻充滿血絲的眼睛，很費力的睜著，嘴角仍然露出不可一世的威儀。「哪怕是戰到只剩一人一槍也要熬下去！」

「煙硝混合塵土，塵土混合煙硝，使人睜不開眼睛，嗆咳不已。狗熊的袖口不停的滴著血，他掛彩了，胡大疤兒叫他退下去包紮一下。

「該死的屌朝上，有什麼好包紮的！」狗熊頭也沒抬的說：「要是翹了，自己挖的坑正好自己用，肥水不落外人田。」

「子彈快完啦！」武老二喊著。

「省點用，沒有問題。」關公營長還是那句老詞兒。「沒有問題」是他的口頭禪。

真的「沒有問題」嗎？當前連同受傷的，攏總不到六十名了，離「全軍覆沒」只有咫尺之地了。

洪老爹倒下之後，激起更多弟兄們的敵愾同仇的堅強意志。

「一切盡其在我吧，能夠多殺一個就多賺一個，別的，什麼都不必多想了。」第三連連長張復林說。

「天有不測風雲」這句話應驗了，在鬼子窩子裡突然「轟轟」兩聲，炸得他們人仰馬翻，措手不及，亂了陣腳。緊接著一梭子彈，又一梭子彈……在腥風血雨中響起一片鬼哭狼號。最慘的是摸不清狀況，東竄西奔，像是一窩碰到貓的耗子，又找不到藏身之地。這不僅出乎鬼子的意料，也出乎國軍的意料。

不管什麼狀況，在國軍來說，都是「大好時機」。關公營長登高一呼：

「咱們援軍來啦，衝呀！衝呀！衝呀！……」

風起雲湧，瞬息萬變。國軍氣勢大增，精神大振。一陣排山倒海的大呼嘯，一陣驚天動地的大呼嘯。

這聲勢壯大了國軍的聲威，也震駭了鬼子的心胆。終於丟盔棄甲，潰不成軍，落荒而逃了。究竟是什麼原因，驟然間有了這麼大的轉變？誰也說不清楚。

「指導員在這兒！」三瘸子像發現新大陸似的叫了起來：「指導員在這兒！」

「你受傷啦？」關公營長趕緊跑過去握住指導員的手問道。

「沒什麼，大腿上挨了一下。」

「楞在那兒幹啥？」營長轉身對小猴子說：「還不快點找人給指導員傷口包紮一下。」

大夥兒忙著打開急救包，給指導員傷口塗點碘酒，灑上些消炎粉，用繃帶紮緊。

「鬼子押著雷大小姐和我向你們喊話時，你們突然開槍，緊跟著一個人衝過來，一顆手榴彈把鬼子一名大佐炸死了，這下鬼子亂了。雷大小姐首先臥倒，我也立即趴了下去。鬼子已自顧不暇；或者以為我們已經死了。我們便順著一條山溝摸到山坡後面一戶張性人家。」指導員說。

「謝謝老天！謝謝老天！」三禿子一聽說雷大小姐脫險了，興奮得又打躬又作揖的。他站在小猴子正對面，這一來，就好像他謝的是小猴子，拜的也是小猴子。

「甭謝啦，」小猴子一本正經的說：「好了傳名。」

三禿子繼續問道：

「咱們家大小姐怎麼到了他們那兒的呢？」

「鬼子費了一番工夫，找到了住在淪陷區的雷大小姐外公，威脅利誘，無所不用其極，把他送到雷家堡，說是她的外婆病危旦夕，一心一意的等著看雷大小姐最後一面，把她騙去了。」

「雷大小姐的外公就那樣容易聽信鬼子的話麼？」

「如果不聽，就會把他們全家處死。」

「鬼子窩子裡『轟轟』兩聲是怎麼回事？」

「我在逃走時從鬼子屍體上取了兩枚手榴彈和一支自動步槍，還有兩梭子彈。」指導員說：「我把雷大小姐安頓好後，我又轉了回去，躲在山坡一塊大石頭旁守候，等到時機成熟時，我從他們的屁股後面摸進去，往人多的地方扔了一枚手榴彈，有人大罵：『八個啞奴！』有人向他『報告司令……』我知道他就是縱隊司令田横太郎，另一枚手榴彈就送給他了。然後就用自動步槍掃射……。」

「指導員這一記『強棒出擊』，把他們的大頭目擊斃了，這一來，大小兩個頭目全沒啦，確收立竿見影之效。」

「這一仗，指導員打出了弟兄們真正尊敬的理由，他的大名與光輝，永遠與日月星辰同在！」連長張復林說。

「不能這麼說，太過獎了。這次能夠以寡擊眾，達成任務，除了營長平常訓練有素，領導有方，更要歸功於大家的精誠團結，充分發揮了不怕難不怕死的革命精神。」指導員仍然是「白面書生」的模樣。

遠處揚起一陣沙塵，不久，出現一隊人馬。

「各位看看，」關公營長臉上終於露出稀有的笑容，振臂一呼：「咱們的援軍真的來啦！」

「軍人都能像你們這樣爭先赴義，國家肯定會強盛起來的。」韓軍長緊握著關公營長的手，然後高舉起來，向大家說：「你們在戰場上給我中華民族的軍人創造出最高的榮譽！」

「謝謝軍長的寵愛，」關公營長沉重的說：「應該得到最高榮譽的，是那些犧牲了自己的生命，去製造別人榮譽的英勇壯士們啊！」

是啊，很多人想起了黃振松連長、朱宗徵連長、排長大金牙、叫驢、花和尚、二楞子、大轂轆……還有雷爺、洪老爹……他們的眼睛全濕了，是激動？是哀傷？連他們自己也弄不清了。

「報告營長，我現在去接雷大小姐好麼？」三禿子說。

「最好營長親自去迎駕。」指導員說。

「雷爺與我是至交，他今天為國捐軀，愛女筱玲又為國受難，情何以堪？」韓軍長一聲長嘆：「效鵬呀，筱玲是秀外慧中，又是位才女，她的文學根基深厚，最近我在大公報副刊上看過她撰寫的專欄——《北窗小品》，文字婉約，清麗可喜，字裡行間，愛國愛民，披心腹，見情愫，有一種「不可代性」的機智。你應該分外疼惜。你們延誤了這麼久，也該結婚了，趕快選個日子，我來為你們証婚好麼？」

「是，謝謝軍長！」

「你快去接她回來，我也有幾年沒見過她了，我要看看她現在是什麼樣子。」

營長跟軍長低聲說：「她仍然是『秀外慧中』。」

他們都哈哈大笑起來。

新文藝104.4—7

春釀

一

春天是人們歌頌的季節，春天的風，春天的陽光，也都是人們歌頌的對象。不僅人們如此，就連牆角邊的小草，也似儘量的把脖頸伸得長長的，搖頭晃腦的在吟唱著讚美的詩句……昨天枝頭上還是一朵朵花蕾的玫瑰，一夜之間，今朝已經花瓣怒放了。簷上的小鳥嘰嘰喳喳的喧語著，歡躍著。……

像聖誕時帶來了大包小包歡樂的聖誕老人，春天帶來的歡樂不僅給了人們，也給了大地萬物。

林漢傑整理好桌上的稿件，用一隻牛皮紙袋裝好，又放進皮包裡。不知道是這個季節，抑或是其他什麼原因，他比平日輕鬆而愉快，愉快得簡直不知道怎樣來擺佈自己。他看看錶，然後穿上上衣，對著牆壁上的鏡子梳頭，結領帶。這些動作，無論是舉手投足，都有一種輕快的節奏。收音機在播放著貝多芬的「月光曲」，流水似的音調，使人有「羽化而登仙」之感。林漢傑吹起口哨，跟樂聲唱和著。

斜躺在床上看書的郝鳴誠，將視線從書本拉到林漢傑的臉上，向他說：

「怎麼，劇本全部殺青啦？」

林漢傑很寫意的點點頭，繼續吹著口哨，結著領帶。抽個空兒又不由自主的用手摸摸鏡子下端靠近框框的那個咖啡色的印子，不自覺的笑笑，也不曉這是第幾次了，他總以為那兒是沾了塊碎紙屑，其實是鏡子後面受了濕，水銀脫落了一小塊。

「如果我猜的不錯，這本大作一定是寫得非常滿意，是吧？」

「不見得。」領帶結好了，口哨仍然繼續著。

郝鳴誠合起書本，坐了起來，又問：

「那你怎麼這般得意？」

林漢傑想打開窗子，吹吹風，剛伸出手，像是想起什麼似的又縮了回來。他說：

「作者完成一本著作，就跟女人生下一個孩子一樣；不管這孩子美到什麼程度，或者醜到什麼地步，都同樣有一種難以言喻的喜悅——我這樣子解釋不知道得不得體？」

「由作家來解釋作家的心理，橫的豎的都成道理，焉有不得體之理？」郝鳴誠換了個話題又問：「準備外出？是不是有了理想對象啦？」

在很多人的心裡都有這樣的想法；男人們如果不是為了找對象，就應該是邋邋遢遢、窩窩囊囊的一副尊容了。

「那裡，是——」他把要說的話又煞住了，揚一揚手裡的皮包：「寄稿寄稿。」

二

一九七〇年二月四日，也許是因為星期例假，也許是因為春天的陽光，新公園裡的人比往日多些。林漢傑在園內走過來又走過去；走過去又走過來，不住的看看手錶，又不住的向四周巡視，那樣子一看就知道是在等人。陽光從樹的枝葉間灑在他那套淺灰色的西服上，金光點點閃閃發亮，很像是舞臺上那些男歌星們穿的那種上裝。

在所有乏味的差事當中，等人大概可以「名列前茅」了。林漢傑吸了口烟，又緩緩地吐出來，他望著烟霧由濃而淡，終至消失。他又吸了一口，又吐出來。烟霧仍然那樣，坐久了，這烟霧也像是有一種乏味的慵懶意態。

靠近臺大醫院那邊的一棵棕櫚樹下圍攏著許多人，挺熱鬧的。對排遣時間來說，這著實比傻楞楞的吸烟、吐烟、看烟強多了，同時也摻著一點與生俱來的好奇，於是，林漢傑不由自主的走了過去。

原來那一夥人是在賭博。做莊的人大約四十開外，鬍渣子密密麻麻黑壓壓的一片，又粗又壯，如果三天不刮臉，就可與刺蝟媲美了。嘴角上吊支香烟，左眼老是瞇著，給烟薰的。那樣兒與那身打扮，倒是顯得十分對稱，十分調和，江湖氣味也就越發濃稠些了。他用三張有撲克牌大小的長方形的紙牌，在一塊支著三角架子的板面上笨拙的搬弄著。其中有一張牌面上有塊黑色印子，看的人可以下注，近似押寶，如果押中了那張底面上有印子的就贏，否則就輸。

「押中了這張就贏，」做莊的人亮一下有印子的紙牌，然後來回搬弄數次，一字排好：「一個賠一個，老少無欺。」「哼」——一吸，「哈」——一咔，「呸」——一吐，有聲有韻，節奏分明的吐了一口濃痰，像是走江湖玩的三節棍。

「真笨！」林漢傑邊看邊想：「那張有印子的紙牌在中間，我都清清楚楚的看到了，別人可能也看到了，像這樣的賭法兒，不是等於拿錢打水撇撇麼？」但是他不敢貿然下手，因為這樣的便宜太容易撿了，容易得使他不得不懷疑起來。

做莊的人又在叫著：「要押的快押喲！呃，押上贏，押上贏，拿在手裡的不贏。」

果然有人下注了，一共是兩家；一家押左邊，一家押中間。

「對啦！一家、兩家，還有沒有？」坐莊的人仍在吆喝著：「這玩藝兒是公平交易，不管是誰，一視同仁。看看你今天的運氣吧！碰上好運的，嘿；今天的吃喝玩樂算咱請客，就甭你再費事自掏腰包了。還有沒有？要押的快押喲！好，離手！看——」

做莊的人正要翻牌時，從他的旁邊伸出一隻手來，把中間的那張牌按住了。林漢傑轉臉一看，是個黑瘦黑瘦的中年人，細細高高的，那身體是屬於五癆七傷型的。大概是他也瞧著了，想贏幾文去買點「祖傳秘方」來滋補滋補咧。「慢著慢著，我要押這兒！」看他那副神情，看他那種聲勢，這一注可能押的不少。不管是多是少，贏，是板上釘釘子——穩得很。他用左手按住牌，右手在口袋裡摸索，摸索了好久，又換右手按牌，左手在口袋裡摸索，又摸索了好久，口袋大概摸索完了，仍然沒有摸出一個大子兒。林漢傑看得的確有點兒心動了，他三番幾次的想將袋子裡的錢掏出來放上去，贏個三百兩百的，待會兒老張來了，就可以請他上三六九，或者是鹿鳴春大大方方的吃上一頓。賭博在他來說，並不太陌生，但只限於偶然在親戚朋友家裡娛樂性的打打小牌，像這樣在露天地，在大庭廣眾之下，卻沒有過，因此，心裡雖然翻江倒海的衝動了一陣子，仍然沒有真的動手。

「這樣——」那個黑瘦黑瘦的人將一支鋼筆取下放上，可是一句話還沒有說完，牌被莊家翻開了，那張有記號的牌果然是在中間。

做莊的人斜了他一眼，連諷帶譏的說：「瞎！我說老兄哎，想贏錢嘛，多多少少也得帶點本兒，哪有空大兩手來白撿的？」

黑瘦的人很懊惱的說：

「你看吧，你看吧，我說是在中間嘛。唉！」

做莊的人眼一瞇，嘴一撇，滿臉都堆著不屑的神色。

「光是說有啥用？兩隻手一般大！」

「呃，你不走吧？」

「怎樣？」不屑的神色有增無減。

「老子回去搬兵，也好弄幾文下頓館子煞煞饞。」

「現錢現賭，不賒不欠，嘿嘿，你這就回去搬兵吧！」做莊的人一面用火柴棒子剔著牙齒，剔出一股股酒和大蒜的臭氣：「昨天老子輸了一千多塊，也沒有一個大子兒掛賬的啊。不過賭錢也得靠點運氣，你想下館子，咱也想喝兩盅，鹿死誰手，還不知道咧，除非你眼尖，就算我倒楣。」

「好，你等著！」黑瘦的人咳咳嗆嗆的走開，大概是回去搬兵了。

一個看二層的跟另一個看二層的說：「走吧？」

「別急，再看看嘛。到了十拿九穩時，咱們也押上一注，多了不想，弄他兩包長壽抽抽，這總該不成問題吧！」這位老幾也心動了。

原先那人說，聲音很低：

「別做夢啦，這些傢伙都是吃人的呀，剛才走了的，以及現在下注子的，都是被窩裡打拳——沒有外手的啊。」

林漢傑聽著了，也跟著繞過向來。可不是麼，這玩藝兒看著很簡單，好像每次都能押中：莊家在搬弄紙牌時，那張有黑色印子的還隱約可見，不，有時簡直看得一清二楚——可能是有意如此的。但是有一點可以肯定的，那就是在這種場合中，在這種方式下，裡面百分之一百有文章，有花樣。不錯，莊家也時常賠錢，但明眼人一看就知道了，下注子的人十之八九都是他們一窩的。如果你瞧得眼熱，也跟著下注，雖然明明是你親眼看到那張有印子的在中間，翻開來一看，則非左即右，就絕不會在中間了。真正的輸贏也就是你這個「外來人」，其餘的統統是聾子的耳朵——做樣兒的。好險，要不是聽到那位先生給點破了，再看下去，說不準自己就真的下手了，那才慘啦！

老張還沒有來，反正是下雨天打孩子——閒著也沒事，再看看吧。

這幾個人表演得挺熱鬧，但遺憾的是，真正的局外人沒有一個下注子的。觀眾們大都是跟林漢傑一樣，是抱著欣賞的態度。雖然有的人也曾有點衝動，但那只是屬於意識的活動而已；這種意識的活動還沒有一個達到可以指揮行動的程度。待大夥兒知道了內幕後，那種抱著「看熱鬧」的情形似乎就更加一目瞭然的可以看出來了。

莊家搬弄紙牌的動作愈來愈緩慢了，那張有印子的牌所放的位置，幾乎每次都能叫人很清楚的看到，只要你稍稍留心的話。莊家賠的次數不少，一臉可憐兮兮的樣子，贏的人則眉飛色舞，嘻嘻哈哈的樂得合不攏口來。這些雖然是「裝」出

著，某一種內心情緒的活動在她的臉上顯現，並且逐漸的加深、加濃，看樣子，那種情緒活動已快要達到指揮她的行動的狀態了。林漢傑很替她躭心，希望她只是如此「想想」而已，不要真的參加。然而，她終於打開了手中的小皮包，取出兩張拾元鈔票。他的眼睛發直了，他很想跟她挨近些，扯扯她，或者跟她耳語一下，要她趁早離開。他剛挪動了兩步，就像做了什麼虧心事兒似的臉紅心跳起來——他深怕她或者別人誤會了，以為自己不是個周正人，在跟一個少女毛手毛腳的；管真那樣的話，那種場合，那種令人難堪的程度，是不難想像的，縱然你有舌如簧，也很難說得清楚，道得明白啦！而況且，她這種年齡，也委實是個很容易叫人發生誤會的年齡。同時他又想到；所謂光棍不擋財路，多事觸了霉頭不打緊，說不定因此挨了一頓，那才叫吃不了兜著走啦。因此，他忍住了。

林漢傑的希望落空了，少女手裡的二十塊錢押了下去，是押在中間。一點沒錯，林漢傑也曾看到那張有印子的紙牌是在中間。但他猜得出——其實連猜也甭猜的，只要一翻過來，保險，那張只牌就不會在中間了。紙牌翻開了，嘿，真日鬼，那張有記號的紙牌仍然是在中間——少女贏了！他感到迷茫起來，難道這玩藝兒真是「公平交易，老少無欺」的嗎？心裡卻很高興，雖然他自己也不知道為了什麼，他不希望她輸。他微笑著而且帶點濃厚慶幸意味的望了她一眼，正好她也瞟了他一下，但馬上就避開了。下午的陽光灑在她那張清秀的臉上，越發顯得嬌紅。這嬌紅也許是摻雜著些害羞，以及在懺悔這種行為與慾念的反應作用吧？

然而，事實證明了她並沒有懺悔；連那種意念也沒有。又開始了，這次她的注子是四十塊錢。其他下注子的雖然也有兩三家，但林漢傑只注意她那一份，其實不只他一個人，所有在場的觀眾也莫不如此。這次他又清楚的看到了，那張有印子的紙牌是在左邊，而她的注子也是下在左邊。跟上一次一樣，沒錯，她又該贏了。但是翻開來時，又是一個出人意外，那張有印子的紙牌卻仍然在中間——她輸了。此刻林漢傑越發想告訴她那是假的了；第一次讓她贏，那不過是讓她先嚐點甜頭，像釣魚似的先放個餌。他真不瞭解，看她的樣兒是挺聰明的，不像個傻里瓜幾的人，怎麼連這個都不懂，都看不出呢？也不想一想，路旁的菓子能吃得的麼？便宜真的是這麼好撿的話，還挨得著妳麼？錢真是這樣好賺的話，還有人願意去流血流汗麼？唉，真笨！第一次她贏了二十塊，第二次她輸了四十塊，等於淨賠了二十，他很想拿出二十塊錢給她，叫她不要再繼續下去了。可是他卻不知道怎麼說才好，心裡光是在乾著急。

時間在林漢傑的猶疑中流過去，賭注在喧嚷中繼續著。大夥兒的目光都集中在那少女的身上；有冷眼旁觀的，有幸災樂禍的，也有虔誠關注的。注子起初是三十、五十，繼而是三百、兩百的押著。無疑的，在這種場合中她已成了一員舉足輕重的主角了。其間贏的也有，但那只不過是偶爾的一兩次而已。她低著頭，緊張與惶恐將她那張原該是天真無邪的臉給扭曲了，雖然她緊抿著嘴，極力的鎮靜著，但也給扭得走了形，失了樣，使人一看就會聯想到畢卡索筆下畫的那種什麼印象派的人像——鼻子眼睛長的都不是個地方。林漢傑忽然想起自己有個妹妹，如果來臺灣，現在也該是這麼大了，或者是更大些，他記不太清楚了。但從她那張濃眉大眼的三歲時照片上看，跟面前的這位少女的確很相像。他這才想到自己所以一開始就注意她關心她的原因，除了她是個唯一的「局外人」之外，這雙濃眉大眼的作用可能很大。

一個少女，一個女學生，什麼事兒不好做？為什麼單單要來賭博呢？而且在這種不上格的場合中！現在就是真的來勸阻她，恐怕也不中用了。賭博的人差不多都是如此的；越輸越想扳本，最躭心的就是怕人「搗蛋」，因為一搗蛋勢必散場，一散場就等於寡婦死了兒子——什麼指望都沒有了。所以有人說：「贏家怕吃飯，輸家怕搗蛋。」這是一定的。他開始埋怨她，責怪她，在心裡。

又一注下上了，又輸了；又一注，又輸了……大概總有好幾千塊了。這個數字在有錢的大富翁眼裡，自然算不得什麼，若以一個普通的小公務員來說，就是半年的薪水了。半年的薪水在一個家庭裡，要當多大的用？衣食住行都得仰仗它吶，然而，就這樣的被她不明不白的給送了！她哪來的這麼多錢呢？看她的那身衣飾，從底到上，都看不出是一個闊綽人家的千金。他猜不出，想不透。他又責怪起這個社會了，是的，社會真像一個大染缸，本來是一張白白淨淨的紙，只要往裡一蘸，就給染得變了色，失去了原有的面目了。……………皮包裡已經空了，她翻騰了老半天，再也找不出一張鈔票來了。能怨誰呢？又能怪誰呢？完全是自找的！不過，這樣也好，上一次當，吃一次虧，就學一點乖，等於是上學繳的講義費。所謂閱歷，所謂經歷，就是這樣累積起來的——現在也只好這麼想了。

汗珠子在她那張羞紅的臉上不斷的湧現，她的頭低得更低了，失神的目光終於在手腕的錶上停了下來；她那張倔強的嘴角抿一抿，毅然的將它脫下，押了上去。

做莊的人拿起端詳了一番。

「算多少錢？」側著頭在等她的答覆。

「三百怎樣？」她怯生生地說。

「好吧。」一帶點兒吃虧人長在的勉強意味。

那隻手錶的價值可能不只此數，不然莊家那有這麼爽快？不過也說不定，他反正是準贏不輸的，算多算少都是無所謂的了。林漢傑仍然在傻楞楞的望著她；她那副失魂落魄的神情，使他心裡的悲哀逐漸加深，這說不上是同情，還是一種所謂「惻隱之心」。總之，他的難過似乎比自己所遭遇到類似的打擊時還要加倍。

大夥兒的目光都集中在那三張紙牌上，嗡嗡鬱鬱的低聲議論著。只有林漢傑沒有，他知道看與不看都是一樣，終歸是輸定了。「輸得好，輸得好！」他在心裡嘀咕著，嘴角也在隨著這幾個字發音的形狀蠕動著，好像她所輸的錢都是他千辛萬苦賺來似的。紙牌翻開了，果然不出他的所料，她又輸了。

「警察來啦，警察來了啦！」不曉是誰，這樣突突然然的叫了起來。像被誰戳了一下的蜂窩，那一夥人一哄而散，愴惶而迅速的離去，剩下來的只有那個少女和部份觀眾了。

「警察呢？」林漢傑四處張望：「我們得告訴他這是個騙局，那個女學生給他們騙慘了！」

「哪兒來的什麼警察？這也都是他們自己人耍的把戲啊！」原先那個看二層的又轉向他的同伴說：「這是面鏡子呀，你不是想弄兩包長壽抽抽的嗎？」

「還是這個好，」那位老幾掏出包新樂園，遞一支給對方，自己也燃上一支：「嘿嘿，還是這個好。」

被騙的少女仍然癡癡的呆呆的，無可奈何的佇立在那兒，像根不會任何動作的木頭樁子。一隻小鳥在枝頭上唧唧喳喳的聒噪著，彷彿在罵她，又彷彿在勸她。觀眾們好像在劇院裡看到銀幕上出現了「劇終」兩個字，一個個的離開了。有的搖搖頭，有的嘆口氣；有的走了老遠，還不住的回過頭來看看，那樣子也許是同情，但更多的是幸災樂禍。幸災樂禍也許是人類一種與生俱來的天性，不然，中國的《梁山伯與祝英台》、外國的《羅蜜歐與茱麗葉》故事怎麼會無數次的印在紙上和搬上銀幕呢？不然，電影廣告上為什麼要特別喜愛強調這是「曠世無比的大悲劇」，「請多帶幾條手帕」呢？林漢傑停了很久，也許只是片刻，終於走近了她，他有一種義正詞嚴的告誡她一番，鐵面無私的教訓她一頓的衝動。他認為，她之所以會這樣的原因，可能因為她父親經常不在家，母親則經常坐在牌桌上，於是缺少了一個管教她的人。不是麼，目前許多許多家庭都是這樣的，你認為可笑嗎？而事實上已經習慣了的人，卻一點也不可笑。也許是看得太多了那些非常「暢銷」的灰色小說，自以為什麼都看淡了，人生不過如此這般而已。或者對什麼都有一種反抗的意識，抱著一種敵對的態度，桀驁不馴，麻木不仁，就像那些嬉皮；男的頭髮留的長長的跟女人一樣，女的頭髮剪得短短的跟男人一樣，成天以做著一些違反倫常、令人不解的怪誕事件為能事。可是話到嘴邊卻變了質，不但沒有義正詞嚴的「告誡」她，不但沒有鐵面無私的「教訓」她，反而成了溫文柔和的安慰她了。

「別再難過了，那些人都是遊手好閒不務正業的騙子，專門靠著這個來生活的，以後千萬不要再受騙了。」

她仰起頭來，又低了下去；咧一咧嘴，又抿了起來。一臉都是久病後的虛弱與失態後的羞愧。

他向前走了兩步，跟她靠近了些。他的聲音仍然是那樣柔和，像慈母對待嬰兒，充滿了關切的語氣說：

「有什麼需要我幫忙的麼？」

她仍然沒有作聲，似乎很固執，只是用小手帕不住的擦著眼角。她垂頭喪氣，惘然若失，顯得很萎靡、很疲憊，看上去不知有多重的心事，不知有多大的災難，給她壓成了那個樣子。林漢傑儘量的使自己的語氣再溫和些，無論如何，在這個時候，是不能也不該再來刺傷她了。於是他又輕聲慢語的說：

「我們到那邊的石凳上坐坐好嗎？我很想跟妳談談。我有個妹妹長的跟妳很像呢。」

林漢傑自己也說不出為什麼要這樣的遷就她，要求她，而且還帶點兒低三下四的意味，這在他來說，是從來沒有過的。

她還是沒有說話，也沒有抬頭，不過她的腳步開始挪動了；向著他所指的那個石凳方向，這是任何一個倔強而矜持的女孩子對於對方的要求一種允諾的表示。

他們坐了下來，雖然不太靠攏；中間有著一點距離，但不知道的人，也很容易產生一種錯覺，還以為他們正在戀愛期中，她在跟他嘔氣、撒嬌；他在向她解釋、賠不是呢。

他問她說：

「妳還在讀書吧；什麼學校？」

春風把空中的雲兒吹散了，把園裡的花兒吹開了，卻吹不去少女臉上悒悒鬱鬱的淒清。不過，她總算開口了，聲音一如她的外型——可以說是一種「少女中的少女」她悒悒的說：「中國文化學院，這學期停學了。」

「為什麼？」

「因為繳不出學費。」

從她的外型、言談、風度，以及經濟環境來說，都不應該做出那樣事情來的。然而，她卻偏偏做出那樣事情來了，大概很多事都是不能按照常理來推論的吧？

他繼續問她：

「那還為什麼賭錢？」

她答以無言。

他又問：

「一共輸了多少？」

她從牙縫裡擠出三個字：

「五千二。」

他越發不解了，剛剛被按下去的衝動又在莽莽撞撞地想發作了。然而，他還是耐著性子問：「連繳學費的錢也沒有，哪來這許多錢輸的呢？」

她忍不住的嗚咽起來，低低的，顫顫的，有一種強制憋住的聲音。

他輕輕地說：

「告訴我。」

她終於涕泣著說：

「家父病了——嚴重的胃出血，住在醫院裡要開刀，手術費、醫藥費、住院費和血漿一共需要先繳八千塊錢的保證金——」下面的話被哽咽住了。

他怔了怔。

「再說下去。」

她用手帕抹了抹臉上的淚痕，恢復了神智。

「家母東奔西跑的才揍了五千二百塊，要我帶去，順便到一位周叔叔那兒看看，能不能周轉兩千八百塊錢，待家父病愈後再設法歸還。可是周叔叔這些日子的生意一直不好；他是擺書攤子的，他說買書的人越來越少了，實在籌不出。」

「嗯，事實上的確也是如此。」他唏吁著：「大家都湧向餐廳，湧向舞廳，甚至甘願冒著風雨去排長龍看那些第三流的電影。一本書或一本雜誌即使寫得再好，也很少有人去問津，因為那裡面沒有一點娛樂價值可尋！」

她繼續著：

「我又到醫院裡跟大夫商議，大夫的表情帶著職業性的冷酷；像一個絕情的人，絲毫不能體諒對方痛苦的冷酷。他非要款子繳足之後才可以動手術，否則，病人就得立刻出院。事實上，家父生命垂危，急救尚恐遲誤，還能夠出院麼？我只好跟大夫說出來想辦法，一定可以湊齊。可是我往哪兒去想辦法呢？家母在這幾天裡能夠想到的辦法都想盡了，好不容易的才湊了那麼多。我不敢回家去跟她講，因為她已經為此焦愁得不成人形了，我怕她受不了。可是事情總得解決。不然，我簡直不敢想像那種可怕的後果。『我該怎辦？我該怎辦？』我一個人六神無主的在公園裡來來回回的走著，不斷的自問著，一點主意也想不出。後來，後來看到，後來看到那樣的賭博；一時糊塗，一時鬼使神差的，一時——」

林漢傑很為自己沒有把人看錯了而高興，雖然她做了件曾經使他埋怨和責怪的事來，但那不過是一時糊塗——誰能沒有一時的糊塗？更何況，這點一時糊塗也是「事出有因」的呢。上天也未免太不夠仁慈了，這樣一個年紀輕輕的女孩子，怎麼能給予她那樣沉重的打擊呢？他覺得她是值得同情的了，不是麼，頭一眼就看出她是個很有教養的了，這從她的言談中已獲得充分的證明。於是他沒有一點猶豫的說：

「別難過了，妳在這兒稍等一下，我回去替妳想想辦法。」

她抬起頭來，詫異的望著他。

「真的麼？」

「一定！」

他站了起來，剛走了兩步，又被她招呼著停住了。

她揚一揚在石凳上撿起的皮包，說：

「這個是您的吧？」

「暫時放在那兒，沒有關係，裡面是我寫的一個劇本。」

她含笑著問：

「那我先看看可以麼？」

他也含笑著回答說：

「可以，可以。」

三

林漢傑在寢室裡翻箱倒簍，把存摺找了出來，把所有的現金也找了出來，算來算去，眉頭還是皺了一大把。八千塊錢不是一筆小數目，自己幹嘛要做這種傻事？而況且，自己一時又怎樣也湊不齊呢！就是欠了人家的債，也沒有這般緊法兒，還要「限時專送」！當時也許是一時衝動；人在衝動時所作的決定，往往到冷靜時立刻就會遭到自己否定，現在林漢傑冷靜下來了，似乎也有了這種意向。不過，這個意向卻像片雪花飄進酷熱的陽光裡，像根鴻毛投入熾烈的熔爐中一樣，只是一乍睒眼工夫就沒有了。因為他又想起那個暑天。

那個暑天，他才十四、五歲，在縣城裡讀初中，父親從鄉下賣了五擔穀子，徒步走了八十華里到城裡來看他。因為天氣太熱，中了暑，住在復興客棧裡，第二天就發起高燒；燒得不省人事，胡言亂語，五擔穀子的錢用完了，不但毫無起色，反而越來越厲害了。他是個住校生，除了老師和同學之外，可以說是舉目無親。父親病成那種樣子，不要說是再找醫生了，就連客棧裡的膳宿費也沒有著落。寫信回家嗎？那時不比現在，來回起碼十天半月，那還算是快的了。自己跑回家一趟也不行，不光是摸不清路，途中的土匪和曠野的狼也不會輕易放過你的。因此，像這樣遠程的往來，大都是結夥而行，還得帶槍帶棍的。他真是心急如焚，但卻一點主意也沒有。這天傍晚，同學鄒小朗看他愁眉苦臉，問他怎麼回事，他向他說了實話。

「怎麼不早講呢？」鄒小朗說：「我去替你想想法子。」

「真的嗎？」他又想到他的年齡也和自己相仿的，能有什麼法子好想？因此又說：「你能有什麼法子？」

「你不管。」

鄒小朗去了不多久，就氣喘喘的跑回來了，帶來了八塊亮晶晶的「袁大頭」。

「你哪來的這許多錢？」

鄒小朗一揮手

「你放心拿去用好了，絕對不會是偷來的。」

他沒有再問，也沒有道謝，就匆匆忙忙地去另外請了位醫生，客棧裡的膳宿費也付了。三天之後，父親的病霍然而愈。鄒小朗對他的這種大恩大德，真是使他感激的不知道怎麼樣是好了。後來再還他的錢，他也不肯要，也許是他知道他的家境不好，但是他的話兒卻是這樣說的：

「那是我母親給我一年的糖果錢，現在我也不再是兒童了，還要那幹啥？」

這件事使他終身難忘，後來因為內亂，他跟著學校遷東搬西，鄒小朗則隨著家人不知道逃到哪兒去了。大陸變色後，他又一個人來到臺灣，但鄒小朗在他的夢裡不知出現過多少次。

時間一年一年的過去，他的潛意識裡始終有著一種無以感恩圖報的虧欠感覺。平時還不怎麼樣，當他知道那位受騙的女學生的遭遇時，好像與他以往的感受一下接通了線，那種意識立即鮮明起來，也許由於這些因素，所以就一點也不加考慮的承擔下來了。

現在那位女學生的處境和心情，不是一如自己的往昔？鄒小朗那時還是童年，就能那樣的慷慨相助，我難道不應該嗎？他想：假如自己不去了，背信了，那位女學生會怎樣的失望和傷心？她那顆小小的心靈，所承受的負荷已經夠得上災情慘重了，我還能忍心在她那創痕上再加上一拳一腳嗎？還有她那急待救助的父親的生命又將如何？………是的，沒有誰強迫自己，也沒有誰威脅自己，完全是自己拍著胸口答應了人家的，大丈夫一言九鼎，現在豈能反悔？

他覺得自己無論如何，不管怎樣，也該義無反顧了。然而，問題是傾其所有，怎麼湊也湊不齊，這該怎辦？他也想到向同事周轉一下不會有多大問題，但是今天是星期天，不容易找到人，而且那位女學生正在那兒「坐等」，真正是「刻不容緩」啦！他正急得抓耳搔腮時，郝鳴誠從外面走了進來，看到床上床下、箱裡箱外被翻成這種樣子，他懷疑的問：

「怎麼，準備搬家？」

「正好，你來的正好。」林漢傑急急地說：「我想跟你周轉兩千塊錢。」

郝鳴誠坐了下來，看了他一眼，說：

「什麼事看你急成這種樣子？」

「急用，待會兒再跟你說清楚。」看他那種急法兒，就像住在樓上的人看到樓下失了火似的。

郝鳴誠以打趣的口吻又問：

「是不是缺了戀愛經費吶？」

「不是不是。」他又擺手又搖頭的說：「嗨，跟你講是急用，誰騙你不是人。」

你急他不急，這是郝鳴誠的老毛病。他倒了杯茶，喝了一口，放下杯子，又燃上支烟，吸了一口，接著理由也就成串成串的跟著繚繞的烟霧一起出來了：

「哎哎，我的小老弟嗳！就算是你真的有急用，我又不是諸葛亮，能夠前算一千後算八百的，事先準備好兩千塊錢放在這兒，就知道你現在一準有急用呀。再說——」

他打斷了他的話，幾乎是哀求了：

「你甭再說了，幫幫忙，湊湊看嘛，能湊多少就多少。」

郝鳴誠看他一臉可憐兮兮的樣兒，不忍心再跟他扯淡了，便把口袋裡的錢全部掏出，點了點，朝他的面前一放。

「那，全在這兒了，一共是一千二百九十塊錢，統統給你，這下我連買張公共汽車票的錢都沒有了。」

「我會給你帶幾張來的。」說完，他就匆匆地走出。

林漢傑又到了當舖，把手錶也當了，才湊足了八千元。他用一張報紙將鈔票包好，小心翼翼地裝進褲袋裡，剛裝進去又連忙掏了出來，拿在手裡，他想起那個口袋綻了線，前些日子一支鋼筆就給漏掉了。

出了巷口，他就招呼輛計程車，十萬火急的到了新公園。

「對不起，叫妳久等了。」跟那位少女一見面，他滿懷歉意的說。

少女抬起頭來，撩一撩頭髮。微笑著說：

「這麼快，您這個劇本我還沒有看完呢。」

林漢傑將手裡的小紙包送到她的面前。

「喏，快到醫院去看看吧！」

她沒有接，只是望著他；那樣感激的望著他，半晌才說：

「我們是萍水相逢啊，我怎能夠這樣——這樣——」

他催促著：

「別再這樣那樣的了，救人要緊。」

她猶豫起來，好像是碰到了一項不知有多為難的問題，把她難得左也不是，右也不是，她結結巴巴的說：

「可是，可是——」

想當年自己在接受鄒小朗的濟助時不也是有這種不安的心理麼？更何況她跟自己又是「萍水相逢」呢！於是，他那樣誠摯的說：

「人類本來就該有通財之義的，快拿著去吧，救人如救火，這是躭擱不得的啊！」

她終於接了下來。

「以後我該怎樣來報答您呢？」

「這是句最不中聽的話了，」他說：「我又不是為了妳的報答才這樣做的。」

她好像跟他熟悉了好多，自動的跟他挨近了些，又挨近了些。

「施恩不圖報，那是您的想法，可是在受惠者的我來說，就不同了。」

他想不到這樣年紀的女孩子，卻能想得那麼多，那麼遠。比起那些不知天高地厚的嬉皮來，真有天壤之別了。他說：

「妳想得太多了。」

她微仰著臉，略帶歉意的又說：

「您看我這人多糊塗，還沒有請教尊姓大名呢。」

「彼此彼此，我們可以合演『糊塗經理』了。」，他淡淡一笑，接著告訴她說：「我叫林漢傑。妳呢？」

她不住的扭著手裡的小手帕，彷彿那是種很有趣的遊戲似的。她那露出的幾個指頭的指甲，都是壓根剪的，有的快剪到肉了。這是林漢傑剛剛發現的，不免多看了兩眼，她也覺察到了，連忙把手縮了回去，「遊戲」也停止了。她說：

「我叫黃菁菁；草頭黃，菁菁者莪的菁——您就叫我菁菁好了。」

他讚嘆著：

「很美，像一首詩！」

她嬌憨的笑笑，一對黑黑的眼珠，從那長長的睫毛下悄悄的斜睨他一眼。

「是麼？」

一陣微風，他嗅到一股少女所特有的芬芳，他有點兒醉了，他的眼睛裡漾著一種醉態。屬於春天的，也是屬於「詩」意的。但那只是一瞬，他立刻驚覺過來，不斷的警告自己：我是不該存有這種意念的，一開頭就沒有，現在也不該有。他想：否則，如果真是那樣的話；一般人所說的愛，那就是原始的了，卑鄙的了。一切的作為都得打個折扣，甚至完全失去意義了。

「嗯。」他點點頭：「我是不會奉承的人。」

她幽幽地說：

「我也不跟您說什麼感激的話了，事質上任何感激的話也無法表達我對您的感激。」

「妳看吧，妳看吧，妳明明說是不說什麼感激的話的，事實上妳卻光在說著感激的話。」

她站了起來。

「好，不說不說。我想我該去醫院了。」

他也站了起來，連忙應著：

「對了，妳應該去醫院了。」

她沒有走動，那樣脈脈含情的睨視著他說：

「假如您有空的話，再假如您願意的話，我想在下個星期天的早晨，仍然在這兒見到您，好麼？」

本來他想告訴她不必了，因為他除了躭心自己的意念會跳躍到另一個範疇，同時他也不願意聽到一些感恩圖報一類的言語。但是他又不好拂逆她的一番好意，或者使她受窘。因此，他略一躊躇，就隨口的說：

「好的好的。」

她拿起那隻裡面裝著劇本的皮包，在半空中晃了晃，有點像是要人上飛機時的那種鏡頭。

「讓我帶回去拜讀完了再還您好嗎？」

他遲疑著。

她再說：

「我已經看了一半，如果不看完，心裡怪不舒服的。」

「好吧。」他似乎不能不這樣答應了。

她跟他說了一聲「再見」，又給他留下了一個叫人難以忘懷的微笑。

他也跟她說了聲「再見」，咧了咧嘴，禮尚往來，也是給她一個微笑。

她剛走了沒幾步，又轉過身來，說：

「林先生。」

他仍然站在那兒。

「還有什麼事嗎？」

她楞了楞，臉上漾滿了淡淡的餘紅。

「噢，我是說，下個星期天的早晨您真的會來麼？」

他點點頭，毫無意識的點點頭。

「會的。」

「一定？」

「一定！」

她終於帶著無限依戀的神情離去。

林漢傑看一看商店裡的掛鐘，已經六點了，忽然想起了所以來公園的一樁大事——老張的約會，可是現在已經過了三個小時了。「也許在我回去籌錢時他來過，沒有找到我又走了。」他用手拍著後腦勺，拍得很重，拍的巴巴響，像在懲罰自己；又像個水菓小販在西瓜行裡揀西瓜，在看看熟不熟似的：「該死該死！」他的腳步加快了。

四

「哎呀呀！稀客稀客！」郝鳴誠一面說一面伸出手來，跟張全祥握了握。

「近來好嗎？」

「前幾天患了Ａ２感冒，現在好了。」

張全祥幽默的說：

「想不到你老兄也算是時髦人物了。」然後給身旁一位五十多歲的阿巴桑介紹一下。

「請坐請坐。」郝鳴誠說。

阿巴桑在一隻沙發裡坐下，詫異的說：

「呱；結丁頭，清秋結地底薄都定。」

郝鳴誠睜大著兩眼問：

「她說什麼？」

張全祥笑笑，為他解釋：

「他說呀，坐在這上面。」他指指沙發：「就像坐在豬肚子上似的」

郝鳴誠一面笑，一面沖了三杯咖啡，一人一杯。阿巴桑不知道杯子裡是什麼，看到他們兩人都在喝，自己也實在有點口乾，便也端起喝了一口。甜甜的，又苦苦的。

她呶呶嘴，問道：

「紀菌油呀底細米餅？」

張全祥用半生不熟的臺灣話向她說：

「這不是藥，不治什麼病，是當茶呷的。」

郝鳴誠莞爾一笑。接著說：

「你老兄是無事不登三寶殿，今天光臨，有何貴幹？」

「林漢傑這傢伙真是稀飯鍋裡下湯圓——混蛋到家了！」想不到他光了火，氣呼呼地說：「跟我約好三點鐘在新公園見面的，結果竟黃牛了，害得我在那兒痴等了老半天。」

郝鳴誠關心的問：

「有事嗎？」

「其實要不是看他老成持重，我才懶得多這種頂著對臼唱戲——挨累又不討好的事兒呢！」

郝鳴誠知道張全祥是個狗熊脾氣，一發作起來，就不好收拾了，趕忙拿出香烟，遞一支過去，自己也燃上一支，企圖氣氛能夠輕鬆點。然後問道：

「什麼事？」

「幫他脫離『桿』字號喲！」

「漢傑因為想討個老婆，成個家，不知花了多少冤枉錢，結果怎樣？連女人的味兒也沒嗅著！這年頭呀，吃虧上當的總是那些忠厚的老實人。」

「可不是。」

「對了，你怎麼忽然大發慈悲，想起來替他做起月下佬了？」

張全祥彈了彈烟灰，說：

「還不是他三番兩次的寫信央求我，我才沒有這大興趣，從臺中往這兒趕呢！就拿人家阿巴桑來說吧，現在正是農忙的時候。」

郝鳴誠這才發覺到阿巴桑一直在呆坐著，覺得不得不找點話來搭訕兩句了，於是就說：

「阿巴桑的府上是？」

她答的倒是挺馬蹓的：

「瓦戶長是瓦的陶格。」

這次不僅是郝鳴誠，連張全祥也被逗得噗哧一下笑了起來。

「她的家是臺中縣三星鄉。」張全祥說：「阿巴桑沒唸過書，可是人家的女兒卻是個高中畢業生吶。人長的嘛，雖然不能說是『沉魚落雁』，卻也八九不離十。而且又不像臺北那些女孩子不是愛虛榮，就是嬌生慣養的；成天不是跟什麼蜜絲佛陀打交道，就是跟什麼克補拉來往。其實呀，娶太太主要的就是處家過日子，長的結壯，身家清白，別的，什麼都是假的。呃，鳴誠，我說的是不是？」

郝鳴誠將杯子在桌上轉了轉，附和著說：

「是，是。俗語說的好：『娶妻娶德不娶色』。只要德性好，就行了。」

張全祥看看錶，眉頭一皺，又罵開了：

「六點多咧，漢傑這小子昏到哪兒去了？」

這就不能怪人家「狗熊脾氣」了，這樣事兒把誰也會火冒三尺的啊！郝鳴誠心裡這樣想著。他吸了口烟，打圓場似的說：

「一個小時前，他匆匆忙忙地回來過一趟，翻箱倒簍的一陣子，又要向我借兩千塊錢，我問他是什麼事，他光說是急用，究竟不知搞的什麼名堂。結果我把全部財產一千二百九十塊錢都給他了，他又像陣旋風似的旋走了。看光景，的確是有什麼急事，不然不會那個樣子的。」

「不管什麼急事，也不能把這層事兒就這樣置之不理的呀。」

郝鳴誠忽然想起什麼似的問道：

「你有沒有跟他在信上提過需要多少聘金？」
「提過。」
「那他一準就是為這層事兒了；我聽他跟老和尚唸經似的不住的自言自語說：『八千塊、整整八千塊』。」
「可是聘金是八千五呀。」
「可能是我聽錯了，也可能是他記錯了。」他說：「你們約會的時間，地點有沒有記錯？八成兒是褲檔裡放屁——弄的兩叉道了。你再想想看。」
「沒有哇，」張全祥想了想說：「絕對沒有。」
「那就奇怪了，他是最守信用的嘛。」
「是的呀，」張全祥不得不對自己懷疑了：「難不成真的是我記錯了？」
他們正在談論著，林漢傑一腳跨了進來。郝鳴誠指著他說：
「嘿，說到曹操，曹操就到。」
「你是怎麼回事？」不待林漢傑回答，張全祥就把他從客廳拉到寢室裡：「我跟你約的是什麼時間和地點？」
林漢傑有種理虧的感覺，結結巴巴地說：
「今天下午三點鐘，在新公園呀。」
張全祥證實了自己沒有錯，當然就有理由「罵人」了，手指頭幾乎要碰到林漢傑的鼻尖了。聲色俱厲的問道：

「那你是貴人多忘事呢？還是存心耍人？」

「我，我沒有忘記，我是去了，因為，因為臨時有點事，所以，所以——」

張全祥看他那副木訥樣兒，火氣也小了點。他說：

「其實我倒無所謂，害得人家阿巴桑也陪著痴等。」

林漢傑不住的作揖打躬，不住的說：

「真對不起，真對不起！」

「坐在客廳裡的那位阿巴桑，就是我跟你介紹的那位小姐的母親，是我用一火車的好話才請了來的。人家是女方家長，可說是降低身價，親自移樽就教來了。我們是在此地談談，還是到外面去談談？」

「這，這——」

張全祥拍拍他的肩膀，說：

「男大當娶，女大當嫁。還有什麼好害臊的？看你那忸忸怩怩地樣兒，活脫像個大閨女似的，要多麻森就有多麻森，敢情你是個大男人喲！」

「不是不是。」

「嗯？什麼時候動了手術，變啦？」他打著哈哈說：「我說呀，算你走運，算你造化，人家的小姐超出你在信上開的條件不知多少倍！而且要的聘金一共只有八千五百塊錢——人家不在乎這些，只要人合適就行。這真是『踏破鐵鞋無覓處』啦！」

「我是說，我現在，我現在不想，不想結婚了。」他的舌頭似乎突然的大了，直覺得搬動不靈，咬字不清。甚至句子也脫脫落落，零零碎碎，不能成個完整的句子了。

張全祥愕然起來。

「咦！信是你前幾天才給我的呀？」

林漢傑低著頭，像個犯了錯的小學生面對著非常嚴厲的老師。

「可是現在，我——我不想結婚了。」

張全祥心底突然冒起的憤怒之火，一下子就竄到臉上了。臉色變得那麼快，如同一副面具似的摘下換上。他將半截香烟朝地上一甩，使勁的用腳踏了踏，彷彿連那半截香烟也惹著了他。這一下「狗熊脾氣」真的發作了，調弦定音，聲音也跟著提高了兩個音階：

「吥！你這是胸脯上掛鑰匙——開心是吧！你也不想想，你叫我跟人家怎樣講怎樣說？朝秦暮楚，三天兩個主意，這樣像個男人嗎？我今天——」

「你聽我說，你聽我說——」

林漢傑搶過他的話，一句話還沒說完，又給他搶了回去：

「少廢話：我今天算是認識你了，咱們就此一刀兩斷！」

他氣得橫眉豎眼、張牙舞爪，不容人張嘴，一說完就扭頭衝到客廳裡，拉起了阿巴桑，忿忿地說：

「咱們走！」

「全祥兄。」林漢傑也跟著出來，連聲說：「你聽我解釋，你聽我解釋嘛。」

「解釋有個屁用！」張全祥兩隻手揮得像是趕蒼蠅那樣：「算了算了，算我瞎了眼睛，算我是老公公揹兒媳婦——多事！」

「喂！老張！」郝鳴誠趕緊做和事佬：「有話回來好好商議嘛，年紀都一把了，幹嘛還是跟你那位本家——張飛一樣暴暴躁躁的。」

郝鳴誠想挽回這種局面，雖然竭盡所能，還是無濟於事；張全祥仍然頭也不回的走遠了。他轉向林漢傑說：

「人家是從老遠來的，而且又是為了你的事兒，到底是怎麼回事啊？」

「唉！」林漢傑嘆了口大氣：「這該怨我。」

「老張倒是個熱心腸的人，剛才你沒回來，他跟我聊了一陣子。那位小姐聽說真的不錯，再說像咱們這號人，既無恆產，又無動產，就不必挑挑剔剔的嘍。」

他扳過林漢傑的肩膀拐子說：「呃，你們到寢室裡搗的什麼鬼？三言兩語的就把事兒給弄僵了，而且把老張給氣得像頭牛似的。」

林漢傑在椅子上坐了下來。

「真是一言難盡！」

郝鳴誠茫然的說：

「這我就不懂了；你是成天想討老婆，人家又是那樣的誠心幫忙，而且聘金也不多，依我看，再簡單也沒有了，怎麼會變成一言難盡了呢？現在你就把你這『一言難盡』說給我聽聽，讓我來評評。」

「因為、因為——」

郝鳴誠給他打了個攔頭板：

「別囉里巴嗦的光是『因為』了，你就將這些詞兒免了吧，又不是做文章！」

他招供似的說：

「今天下午三點鐘左右我在新公園等老張，看到許多人圍在一塊兒，我好奇的走過去看看，原來是在賭博——莊家用三張紙牌搬弄著，然後排在一塊三腳架子的板面上——」

郝鳴誠打斷了他的話，忙不迭的問：

「那些都是騙人的把戲呀，怎麼，你參加了，把錢統統輸光啦？」

「笑話！我又不是穿開襠褲的毛孩子，會這般不知好歹？」

「嗯。」郝鳴誠端起茶杯，咕嚕一大口，把杯子裡的咖啡喝完，抹抹嘴，完全是一種問案子的口吻：「下面的故事呢？」

他繼續說：

「有一個初出茅廬不懂世故的女學生，不明真相，竟然加入了這種場合，最後不但把錢輸得精光，連手錶也給輸了。真笨！」

郝鳴誠的眉頭皺了一大把。

「那是她自討苦吃，那是她自作自受！我不懂，這又關你的什麼事？」他不耐煩的說：「你們耍筆桿的人呀，就是這樣；明明是一句兩句話可以說完的，偏偏要兜個圈子，說上十句八句。就像那些計程車司機遇上個外來人或者觀光客什麼的，明明是告訴他的地址只有一揸遠，偏偏要轉上幾條街。現在你就長話短說好不好？這又不是算稿費的！」

「她是這件事的主因，省不了的。」林漢傑說：「她輸的錢是她母親東奔西跑籌得來的，而且是為她住在醫院裡的父親需要開刀的費用。」

「她怎麼拿這種錢去賭博？這不是屎売螂跑進糞坑裡——找屎（死）！」

林漢傑耐心的敘述著，解釋著：

「你聽我說嘛。因為她母親籌的只有五千二百塊錢，可是手術費、住院費、醫藥費和血漿一共非要八千塊不可，而且一次繳足。她一時走投無路，一時鬼使神差的想碰碰運氣，因此，一時糊塗了。」

「於是你就——」

「惻隱之心誰沒有呢？當我問明了原委之後，便決定幫助她了——把所有的積蓄以及跟你借的錢統統給了她。現在我真正是身無分文，兩袖清風啦，你叫我跟老張怎麼說法？」他惟恐理由不夠充足似的，又補充的說：「我的父親也曾病過，而且也曾得到過別人的幫助，雖然那是二十多年前的事了，但一直擱在我的心上。現在遇著了這層事，所謂『老吾老，以及人之老』。人道的悲憫之情激盪著我，中國的傳統觀念鞭策著我。你說說看，我應該袖手旁觀嗎？」他接著再說：「其實我的這種作為，並不能說是救助別人的一種美德，實質上含有濃厚的滿足於自己的一種償還宿願的成份在內。」

他這番話說得有聲有色，入情入理，他以為郝鳴誠一定要點首稱是，想不到他卻像是一下坐到一枚釘子上似的，從椅子上猛然的蹦了起來，一拳打在桌上，說：「我說我的大善人哎！你這真是自己給人家賣了，還要幫人家數鈔票咧！告訴你吧，你所說的那個女學生真笨，不懂世故，其實真笨，真不懂世故的不是她，而是你這個冤大頭哦！」

他的眼睛睜的又圓又大。

「你說什麼？」

「他們那一夥人；包括你所說的那個『不懂世故』的女學生，全是些頭頂上生瘡，腳底下流膿——壞透了啊！」

郝鳴誠的話好像一下子變了，變成了另一個星球上的言語，使人無法聽懂，無法理解。

他機械的重覆著：

「你說什麼？」

郝鳴誠換了個姿態，坐得舒適些，拿出大人開導孩子似的那種神態，說：

「他們曉得玩紙牌的那一套狗皮倒灶的玩藝兒不新鮮啦，騙不到人家啦，便另外想出了這一套，叫自己人——大都是些外貌樸拙文弱的少女，裝出受騙的樣兒，並且編出一套騙死人不償命的故事，然後再來騙取別人的同情和金錢。」

林漢傑的眼睛中充滿了迷離；他彷彿正要動身趕赴廣寒宮參加嫦娥小姐宴會，迎面碰到了阿姆斯壯，並且看到他手裡拿著滿佈著大坑小洞的「廣寒宮」原貌的照片一樣，怎不叫人感到迷離呢？他的聲音也是那樣的：

「會有這樣的事嗎？」

郝鳴誠站了起來，十分肯定的說：

「絕對錯不了，我敢打賭，如果我說錯了，可以加倍罰我。」

那個女學生的影子在他的腦子裡浮現，是那樣純樸，那樣柔弱，她的一身一臉，一舉一動，都帶著「北一女」的清純。怎麼看也沒有一絲絲「江湖女子」形象。怎麼會是郝鳴誠想像的那樣呢？他不相信。

「你沒有見到，如果你也在場的話，保證你就不會這樣想了。」

「理由呢？」

「人家不曉有多斯文吶。」

「嘿，這正是應上那句典了——斯文掃地：」郝鳴誠說：「世風日下，什麼樣的『點子』都出籠了。」

「奇怪！」他像是說給人聽的，又像是自語：「她的表情，她的眼淚，怎麼會那樣的逼真呢？」

「你這個人真是黃河底下的沙子——淤到家了；」郝鳴誠見他仍然執迷不悟，覺得不得不多費點口舌了。他說：「我來問你；你看過電影、話劇和電視劇吧，你想想看，在那裡面的演員，無論是哭是笑，那一個表演得不跟真的一樣？這叫『做戲』啊，虧你還寫劇本呢！」他停了停，意猶未盡，又給他打了個比方：「她的那些『表演』，因為日子久了，做得多了，熟練後無須乎考慮和思索了，自然得就如你們寫文章的人寫累了，站起來直直腰、抽支烟或是喝口茶一樣啦。」

林漢傑茫然的望著天花板，茫然的自語著：

「這個社會太複雜了，複雜的使人年齡愈大，反而愈加幼稚無知了。」

郝鳴誠見他被痛苦包圍著，煎熬著，又來安慰他了：

「算了唄，全當是碰上了小偷，遭到了扒手，所謂是『風吹鴨蛋殼，財去人安樂』。不要再傻啦，別賠了夫人又折兵；錢已給人騙了，幹嘛還要再賠上情感呢？這叫做不經一事，不長一智；上一次當，就學一點乖，好比是上學繳的學費。不算蝕本，對吧？」

他默然的望著郝鳴誠，默然的點點頭，其實連他自己也不清楚此刻這種點頭所代表的意義。他的心裡在想：這是個什麼世界喲，這到底是個什麼世界喲！但他馬上又否定了什麼似的，搖搖頭說：

「不會的，我想不會的。」

時間在沉默中流過去，一直過了很久很久。郝鳴誠忽然又想起了一個問題來，他說：

「那個女學生跟你有約會嗎？」

「有，下個星期天的早晨。」

「我敢保證，你去也是痴貓等瞎窟——白等。」

他像和誰嘔氣似的說：

「我一定要去，我一定要去！」

「對，對。到時你去『求證』一下，那就真相大白了。」郝鳴誠說：「不過，她也可能來應約，那樣你就要更加小心火燭了。」

「這話怎講？」

「她呀，不但把你當條魚來釣，而且當條金魚來釣了。」

會是這樣的麼？他想：會是這樣的麼？………

五

菁菁躺在床上翻閱劇本——《沉淪》，由於內容充實，人物生動，使她一點睡意也沒有了。尤其是女主角李小惠的身世，更使她有一種「觸景生情」的感覺。她看一陣，就合起劇本想一陣，總是拿著小惠和自己比，於是，自己離家走出的那一幕，又顯現於眼前：

菁菁從外面歸來，走到牌桌邊，怯生生地說：

「媽！明天學校註冊，要繳學費了。」

本來正在有說有笑的黃太太，一見到菁菁，臉子馬上就撂了下來，只是冷冷地丟了一句話：

「這些事兒別找我。」

菁菁的情緒和表情並沒有由於這句話的刺激而有所改變，因為這已是她意料中的事了，她仍然低聲下氣的說：

「爸去日本一個多月了，什麼時候回來也不知道。」

黃太太連眼皮也沒抬一下，全神貫注的在牌上。

「那還不簡單，你就等著吧——什麼，發財？碰！」

「可是，」菁菁還在作著最後的努力，企圖那一點點希望不致於幻滅：「可是明天學校就要註冊了。」

「還有完沒完？叫你別嚕囌你就別嚕囌！」她不曉有多難看的橫了菁菁一眼，順手打出一張牌：「三萬。」

「嘿嘿，正好給你趕上了。」

王太太把牌一放，春風滿面的說：「清一色。」

「你看，都是你吵的，最後一牌了，還吵得我把牌都打錯了！自己的平、缺、斷、將，四翻不贏，反而放了人家的清一色！」黃太太這下真是火上加油了，把牌一摜，椅子一推，翻過身來，照著菁菁的臉上，「唰」的就是一巴掌：「不是我做後娘的心窄，我早就說過，你是個掃帚星，走到哪兒，哪兒就倒霉。」

菁菁站在那兒，生理上因屈辱而立刻勃發起憤怒的反應；肌肉僵硬，神經緊繃。但她沒有流淚，也沒有動作。只是緊緊地抿著嘴，咬著牙，用一種沉默代表她內心的抗議。

「算了算了，」趙太太將黃太太拉過去，又向菁菁說：「下次別再惹你媽生氣了。」

「我在『惹』她生氣？向家長要學費難道是不應該的嗎？」她憤憤地想。

幾位太太陸續離去後，張媽收拾牌桌，忙不迭把頭錢塞進袋子裡。

小明從外面衝進來，手裡拿著一把木頭做的玩具長槍，對準著菁菁，大聲嚷著：

「投降，投降！」

菁菁此刻正被一種羞辱與痛苦支解著，那裡還有敷衍他的心情？因此理也不理，動也不動。

「還不舉起手來？」說著上去就是一槍，雖然是木頭做的，菁菁的腿上還是被戳破了一塊，鮮血立刻鼓湧而出。

「你幹什麼？」菁菁怒吼起來。

小明見到流血，害怕起來，回頭就跑，自己卻跌了個仰八腳兒，茶几被撞翻了，茶壺、茶杯砸碎了一地。這種情形若在以往，菁菁一定會嚇的手慌腳亂的不知所措。現在她沒有，一點也沒有，仍然那樣木然的站在那兒。

「妳想造反了是不是？」菁菁那種「反常」的態度，使黃太太有一種難以忍受的感覺，如果不給點顏色瞧瞧，長此以往，那還了得？因此，她的巴掌落到哪裡，哪裡就紅了一塊：「妳有什麼資格打人？妳算是什麼東西！」

「我沒有打他，是他自己跌倒的，不信妳問他自己。」她不再緘默了，大聲的抗辯著：「我不是什麼『東西』，我是人！」

如此大膽的頂撞的確是出乎黃太太的意料，她幾乎給氣爆了，氣炸了，聲色俱厲的喝道：

「妳還嘴硬，供妳唸書唸的連上下尊卑都不分了！」

「太太！妳也不用生這大氣了，」張媽是六指兒搔癢——加二討好的說：「自己的身子要緊啊！」

黃太太左手叉著腰，右手指著菁菁，如果再把左眼閉上，就完全是付標準的手槍射擊姿態了。

「滾，妳替我滾！」

這一句話，像是有份量的一拳，不偏不倚的打在菁菁的心窩上，她感到那個份量，也承受不了那個份量。

菁菁的自尊受到了嚴重的迫害與打擊，她終於挪動腳步，走到門口，又不為什麼的停了下來，她兀立在那裡，腦海裡一片紛亂雜沓，一片麻木茫然。她的心裡像是被一把刀子宰割著，她似乎能夠清楚的知道刀口在移動的部位。她想起了母親，每在這種情形下，她就會自自然然的想起了自己的母親。是的，母親就是她這麼一個寶貝女兒，像公主般的寵著，無論她做錯了什麼事，從沒有大聲的向她責罵過。在她的心目中，母親該是世界上最最善良的女人了，然而，好人真的沒長壽嗎？在自己剛滿十五歲的那年，她就因心臟病的復發而永遠離開了人世！腿上的血仍在流著淌著，但她一想到母親，就忘了腿痛，不，一切身體上的創傷她都能忍受，而心的深處的疼痛，卻在急劇的增加。

父親對她一直愛若掌珠，自從後母進門之後，父親對她仍然一如往昔，有時更加深切些，但她看得出，那裡面滲著更多更多的同情。不過，父親為了商業上的關係，經常不在家，因此，對她的那份父女之愛也就無法兼顧了。她原本是個任性而又倔強的人，為了遷就現實，不得不逆來順受。她學著容忍，然而，卻沒有得到預期的效果。

「我是個掃帚星嗎？」她的內心在憤怒地吶喊著，咆哮著：「小明無緣無故的把我的腿戳破了，也不該皺皺眉頭？」

這個家還有什麼值得留戀的麼？這是我的家麼？如果是的，為什麼會有人指著罵著要我滾呢？

她仰望著藍空，那一雙空空洞洞的眼睛中塞滿了淒迷。

「小姐，」張媽悄悄地走了過來，遞過來一疊鈔票，說：「這三千塊錢是我平日省下來的，妳拿去繳學費吧。」

菁菁的淚水再也忍不住的湧出來，她嗚咽著說：

「張媽，妳的用心我知道，我怎能用妳的錢呢？我不能再拖累妳了。」

「快別這麼說了，我現在也不需要用錢，妳快拿著。」張媽說：「老爺也該快回來了，什麼事妳就忍耐點吧。」

「妳是看到了的，這個家我還能待下去嗎？」菁菁說：「張媽！我就是死，也不能再待下去了！」

「小姐！」張媽也流淚了：「妳準備到哪兒去？」

菁菁搖搖頭。

「我不知道，總之，我要離開這裡。」

「既然沒有一個合適的地方，還是等老爺回來再說吧。」

「不，我已經決定了。」

「妳要是一定離去，這點錢更要帶在身邊了。」她將錢往菁菁手裡塞著說：「妳也得告訴我個地址，一來我好去看妳，二來老爺回來了，我也好有個交待。」

「我說過，我自己也不知去向。」菁菁把錢又推了回去。她說：「這錢我也不能拿，張媽！妳在我家這多年了，將來說不定那天一句話說錯了，隨時也會離去的，手裡也不能沒有一點錢啊。」

「我也就要離開了。」張媽一把鼻涕一把眼淚的說：「自從太太過世，我就巴望著妳長大成人，以後有個好的歸宿。我呢，不管是侍候老爺，或者侍候小姐，這一輩子我都會感到心滿意足了。如今小姐既然要離去，我這個孤老婆子還留下來幹嘛呢？」

菁菁恐怕再這樣磨蹭下去，萬一被後母發現了，就會給張媽也招來了滔天大禍。因此，她只跟張媽說了聲：「妳快進去吧，以後我會告訴妳地址的。」就匆匆地向連自己也不知道什麼方向走去。

到了一個十字路口，她佇立下來，望著來來往往的行人，他們都是那樣的匆匆忙忙，為著追求一個理想，一個目標，一個希望。「我呢？我為了什麼？」她深深嘆息著：「不僅沒有理想，沒有目標，沒有希望，連一個落落腳的地方也沒有！人海茫茫，我該『滾』到哪兒去？……」這時她最需要的，可能就是一杯毒藥了。

「菁菁！快開學了吧？」小學時的同學秦鈍從這兒經過，向她打著招呼。及至走到跟前，才發現她憂心戚戚，愁雲滿面。又說：「唷！跟誰嘔氣？」

菁菁沒有答話。

秦鈍接著又說：

「咱們是老同學啦，有什麼話兒不好說的？對了，妳有什麼心思，不妨說給我聽聽看，我來替妳參謀參謀，說不定能替妳拿個主意咧。」

菁菁仍然沒有作聲。

「怎樣，對我不信任？」秦鈍無可奈何的攤攤手，無可奈何的聳聳肩，準備離去。

「滾！妳替我滾！」後母惡毒的聲音在她的耳邊又響了起來，一陣透澈心脾的悲涼幾乎使她失聲痛哭起來。然而，她知道自己的這個年齡，已經不是隨時隨地都可以放聲一哭的年齡了，她茫然的叫了一聲：

「秦鈍。」

「嗯。」秦鈍停止了剛要挪動的腳步。

「你能幫我找個工作嗎？」

「怎麼，妳家又不指望妳賺錢來養家活口的，幹嘛要找工作？」

她的眼睛望著遠方，聲音也彷彿來自遙遠：

「我想離開家。」

秦鈍的頭一歪，問道：

「為什麼？」

「我只想你告訴我能不能幫我找個工作。」

「出力妳沒有那份力氣，別的妳又不會什麼技術，我的大小姐哎，妳想做什麼？」他提出了實際問題。

她斬釘截鐵的說：

「我雖然不會什麼，但我有一雙手，我能吃苦，不管什麼苦我都願意。」

他皺著眉頭想了想，興奮地說：

「對了，我帶妳去見見老大，可能會給妳找份不太辛苦的工作。」

她也跟著興奮起來。

「真的？」

「走！現在就去看看。」

「好的。」

菁菁跟秦鈍去見了老大，也認識了黑馬和騾子。她被安置在一間簡陋的房子裡，一連三天，除了吃喝以及由秦鈍陪她去購買了一些換洗衣物之外，就無所事事。到了第四天的傍晚，老大把黑馬、騾子、小秦和菁菁都召集在一起，分配工作，面授機宜，尤其是對菁菁更加器重，又給她編了一套縱然是「鐵石心腸」的人聽了也會「泫然淚下」的故事，要她參加他們這個專門行騙的集團。

「聰明人永遠站在時代的前頭，」老大把全部計劃說完之後，得意的作著結論：「在此我首先要感謝菁菁，這完全是她給我帶來的靈感。只要我們合作無間，這個行業一定是大有可為。」

一開始，菁菁就一口拒絕了。

「不，我不能這樣做。」

「為什麼？」黑馬問。

菁菁揚一揚頭，理直氣壯的回道：

「什麼也不為，我所要的只是一份正正當當的工作。」

「什麼是正當？什麼是不正當？」黑瘦黑瘦的騾子說：「其實呀，社會上比我們還那個的有的是，這算得了什麼！」

瞧他那說話的神情，聽他那說話的語氣，好像這樣「不傷大雅」的騙人勾當，比較起來，可以說是「仁至義盡」，雖不能算是完人亦不遠矣。

「我不懂，我不懂。不管你們怎麼說，我也不參加。我以為——」

菁菁還沒有說完要說的話，唰的一聲，一把六、七寸長的攮子直楞楞地插在她手指縫間的桌面上。

「妳以為怎樣？妳放明白點，我不是在要求妳，我是在命令妳！」老大一拍桌子，唬的一下站了起來，冷笑著說：「我們在群體中是孤獨的，孤獨的人求生存，可以沒有道德，但不能沒有勇氣。妳若執意不從，我會讓妳求生不得，求死不能！」

話不投機半句多，老大拂袖而去。

菁菁所受的禮遇隨即一落千丈，她被遷到一間破舊的小房子裡，黑暗、潮溼、臭氣熏人，地上有攤不知是否勾踐「臥薪」用過的柴薪？算是床鋪。兩天兩夜，一口水一口飯也沒有用過。有幾次她真想向牆壁上猛力撞去，一了百了。主意想好了，決定了，就是拿不出勇氣。

難不成，這個社會「黑道」真的已喧賓奪主的成了氣候了？一夜之間，菁菁長大許多，也成熟了許多。可是這些那些，對她眼前的窘態，毫無幫助。

第三天，小秦來看她，兩人都不知道說什麼是好，一直對望著。尤其是菁菁，眼光中帶著一股逼人寒氣。最後，也是她先開口的：

「我們曾是同班同學啊！你是人不是人？」

「那並不重要，目前有飯吃才是正點。」小秦拿出一瓶水和一個夾著大肉的麵包遞給她：「全是我的錯，現在我只能以贖罪的心情，想法子將妳救出火坑。」

「你還用著這樣來羞辱我嗎？呸！」

「人活著，才能待機而行。凡事豫則立，欲速不達。同時妳的後母那樣不容妳，妳還是個學生，社會人脈關係一點也沒有，如果現在就是逃出去，也沒有立錐之地啊！」

小秦又講了「千言萬語」，菁菁沒搭腔，他講累了，自覺沒趣，就走了。

這時菁菁已沒有抱著活著出去的希望，生與死在她已分不清孰輕孰重了。世界上還有比這還可悲的麼？

忽然，有一個「比死更可怕」的陰影，以千鈞壓頂之勢向她壓了下來——老大若惱羞成怒，一不做二不休，把她糟蹋了，強暴了。她自問著：「我該怎辦？我該怎辦？！」

她終於俯首稱臣，投降了，一切也只有待機而行了。她終於喝水了，吃麵包了，吃得五味雜陳，百感交錯，無以名狀。

縱有千萬不甘，還是接受了造化弄人的殘酷。

就是這樣的，一個柔弱的女孩子，像是一條落進網裡的小魚，縱然掙扎，縱然反抗，又有什麼用呢？她必須在這不合理的命運下，在這光怪陸離的人世間認命，才能苟且偷生的活下去。於是菁菁在他們擺佈之下和他們合夥了。經過幾次的成績，可說是得心應手，非常順利。大夥兒都誇獎菁菁會表演，有天才。其實不是她表演的好，而她那種怯生生地樸拙外貌，正是她後母把她「訓練」出來的。至於眼淚，有時趁對方不在意時，用事先就塗上萬金油的小手帕擦擦眼角就行了，沒有一點什麼訣竅。不過有時不用這些也行，那就是當她想到自己的身世，想到自己的悲哀，想到自己的母親時，眼淚也就會情不自禁的湧出了。

她很矛盾，她幾乎時刻都在鄙視自己的這種勾當，但又離不開這種勾當，也可以說是缺乏那種決心和勇氣。就像那些吸煙人一樣，明明知道吸煙會產生肺癌，仍然照吸不誤。起初還會有一點點「心裡不安」的狀態，日子久了，連那點狀態也淡薄了，消逝了。

「警察來了！」他們正在「表演」時，有人這樣突然的嚷了起來。菁菁猛地一驚，醒了，原來自己還是躺在床上，心卻一直在咚咚的跳著。這些那些浮泛在腦子裡的過往，像是一輛計程車，一有機會它就會馳騁於回憶的「公路」之上。

菁菁揉揉眼睛，手裡的劇本早已滑落地上，她撿了起來，繼續閱讀下去。劇本中李小惠的身世比她更坎坷，李小惠沉淪了，可是當她一旦發現了良知，認清了是非，她卻有勇氣面對現實，從沉淪中重新振作起來。「每一個人，在命運之書上所有的紀錄，都是自己寫成的。」她細細的體會著李小惠所說的話：「你的前途如何，你的事業如何，不是什麼命運決定的，而完全操在你自己的手裡，就像駕駛手中的方向盤。你的收穫多少，也完全看你自己的耕耘多少，努力多少而定的。」

「我呢？我就這樣沉淪下去嗎？」她自問著。

人，生存在世上，也許什麼東西都不是重要的，什麼東西都可以沒有，但卻不能失去自己，如今，她卻有種失去自己的悲哀。

她的思想似乎一會兒清晰，一會兒又朦矓，這兩種情境不斷的游移著，不斷的交替著，不斷的輪轉著。彷彿體內的燕梳林（Inslin是一種激動素），一下子增多了若干倍，只覺得精神錯亂，神情恍惚，頭腦昏眩，甚至沒有意識。

她睜著一雙迷離的眼睛沉思著，林漢傑的影子忽然顯現於她的眼前，聲音也有了：

「快拿著去吧，救人如救火，延誤不得的啊……我又不是為了妳的報答才這樣做的。」

接著，張媽的容貌和聲音也來了：

「這三千塊錢是我平日攢下來的，你拿去繳學費吧。……」

菁菁坐了起來，心裡不知有多少話，不知有多少感慨，想跟張媽一吐為快。然而，一瞬間，影像消失，聲音也消失了，室內恢復了原有的靜寂。

這些那些，在在都說明了社會上還是好人多，只不過好人不像壞人那樣顯眼罷了。

她想著想著，眼前突然一亮，彷彿燃起了一片熾烈的燄火，莽莽的燒亮了她那生命的荒原，東方民族的傳統甦醒了，人類原始的天性甦醒了。她不再徬徨，不再嘆息，不再啜泣。她像從一個長長的沉睡中醒來，彷彿一種經過冬眠的動物，一旦甦醒了，睜開眼睛，第一眼看到的就是春天耀眼而溫暖的陽光，幽暗的生命，閃電似的彰顯出一縷燦爛的霞光。

「妳不能這樣沉淪下去，」她跟自己說：「妳不能再這樣沉淪下去了啊！」

那天，她在日記裡寫著：「漢傑，你知道嗎？我醒著時，心裡裝滿了你對我說的話。」

六

逛書店是林漢傑公餘的休閒活動之一，雖然不一定每逛必買。這天他從重慶南路一家書店裡剛出來，套用句空軍的術語來說，就被一夥人「咬」上了，跟梢至一處僻靜的地方，他們便螃蟹似的一個個橫了過來。

「嗨，那個妞兒呢？」黑馬橫跨一步，擋住林漢傑的去路。

林漢傑莫名其妙的楞住了。

「你說的是誰？」

「誰？別他媽的吃鱉肉裝鱉憨了，快把人交出來！」

騾子捲起衣袖，拳頭緊攥著。

「你們一定是認錯了人——」

「胡說！」小黃竄了過來：「你就是剝了皮，燒成灰，我也能認出你的骨頭。快說！不然就別怪老子對你不客氣了。」

「你們怎樣？」林漢傑也認出他們是那夥兒騙徒了，卻不明白他們為何找上自己。好說無效，想來一定是存心找岔兒，既然如此，也就顧不得什麼了，於是挺一挺胸，以牙還牙的厲聲喝道：「你們想怎樣？」

「揍？」老大一揮手，用一種權威性的口吻說：「揍這個混賬東西！」

「你他媽拉巴子算是撅著屁股看天——有眼無珠！」黑馬說著就是一拳：「就想這樣。」

林漢傑朝地上一蹲，順勢一腳踹了過去；這一腳相當有斤兩，正好踹中了黑馬的小腹。想不到黑馬一上陣就「栽」了，你瞧他那副德性就更那個啦；兩隻手摀著肚子，像個進了產房的女人，即將生孩子那樣嗷嗷的叫了起來。

說時遲那時快，騾子和小黃一踴而上，你一拳我一腳的就越發熱哄了。林漢傑孤軍奮鬥，左閃右讓，飛腿揮拳，無懼無畏。不到三分鐘，小黃的鼻孔流血了，騾子的左眼角也腫了一大塊。然而，所謂好手敵不過雙拳，眾寡懸殊，結果仍然是那夥兒歹徒佔了上風——林漢傑的膀子被打傷了，臉上也掛了彩。直到他們認為差不多「夠」了，老大一聲令下，才一哄而散，揚長而去。

最使人難堪的，就是自己好像在舞台上打過來的圓光裡，所有路人的視線都緊緊盯著圓光裡的人。像滾雪球那樣，觀眾越來越多，一面指手劃腳，一面用低聲的但是可以讓你聽到的聲音在談論著，真是使人尷尬得如果地上裂條縫，他就鑽進去了。

林漢傑在附近一家診所將臉上和膀子上的傷包紮一下，心中仍然納悶著：這是怎麼回事？

「這是怎麼回事？」一回到寢室，郝鳴誠見到他這種樣子，頭一句也是這樣問的。

「剛剛碰到前天的那夥兒騙徒了。」

郝鳴誠關心的問：

「怎麼，你找他們算賬，他們就跟你動起武來了，是吧？」

「是他們找我的。」林漢傑搓著手說：「他們找我要人。」

「要誰？」

「誰知道要誰。」他兩手一攤：「我說我不知道，於是他們就不問青紅皂白的動起手來了。」他搖搖頭：「真是從何說起！」

「那你怎辦？拖著手挨打？」

「我從來沒有過英雄主義，也從來不曾和任何人打過架，但是事情既然到了頭上，也從來不裝孬。」

郝鳴誠好像在聽一個非常有趣味的故事似的，接著問道：

「結果呢？」

「他們傷了，我也傷了，但是可以想像得到的，他們佔了優勢。」他又傲然的笑笑，補上一句：「我也沒有敗。」

「他們的人呢？」

「跑了，得了點便宜，就一溜烟的跑了。」

「你打算怎辦？」

「算了，虧已經吃了，還有啥好辦的。」

「這是你的哲學。」郝鳴誠感慨的說：「這年頭好人難做啊！」他拿起了皮包：「我要到公司去一趟。」

郝鳴誠走後，林漢傑一個人呆在寢室裡，想想這想想那，反而愈想愈糊塗了。他從書櫃裡抽出那本不知讀過多少遍的「唐詩三百首」，這是驅除納悶的最好辦法。

電話鈴忽然響了起來，他拿起聽筒，就聽到郝鳴誠的聲音：

「我告訴你一個好消息，剛才我經過中華路碰上你說的那夥騙徒了，他們正在玩牌，於是我就到附近的第十分局報案……現在統統被帶到警察局來了……對，對！我現在也在警局，你趕緊來一下。」

林漢傑在去警局的途中，心裡就漾著一種報復的快感。「哼！這下不神氣了吧？」他自語著：「想不到你們也會有此一天吧！」

膀子和臉上的傷痕隱隱作痛，好像在提示著什麼似的。

到了警局，一位警員正在跟騾子問話，一面寫著紀錄。

「呶呶，」一進門，他就被郝鳴誠拉到警員跟前，介紹說：「這位就是被他們騙了錢後來又被他們打傷的林漢傑林先生。」

警員雖然是明明聽清楚了郝鳴誠的介紹，仍然這樣問了一句：

「你是林先生嗎？」

林漢傑點點頭。

「是的。」

他接著又問：

「你被他們騙過錢嗎？」

林漢傑望望老大、黑馬、騾子和小黃，他們一個個低下了頭，從前那種趾高氣揚的威風不知哪裡去了。

一瞬間，小時候偷西瓜的那一幕情景展現於他的眼前——

在十一歲那年的暑假，他跟一個叫二虎子的同伴到人家的瓜地裡偷瓜，摘了個七、八斤重的大西瓜，可是還沒有來得及拿走。就被看瓜的人抓著了。那人是個彪形大漢，把他們像老鷹抓小雞似的一手抓著一個，到了瓜棚子跟前，放了下來，二話沒講，就舉起碗口大的拳頭，正要落到他們身上的當口，那家主人來了；是位六十多歲的老人，叫他住了手，問明原委後，卻哈哈的大笑起來，對看瓜的人說：

「你是和尚的大襟——弄左啦，他們是我家請來的小客人，是我叫他們來摘瓜的啊。」

看瓜的人忙不迭的向他們道歉：

「真對不起，真對不起！怎不早講？」

他們楞著，不知所措的楞著。

老人說：

「瞧你那副兇相，根本就不給人家講話的空子，叫他們怎麼講？」

老人又悄悄地對他們說：

「快拿著去吧！」

他們抱著西瓜回去，沒有吃，羞愧的直是哭，哭過之後，把那個西瓜踩得稀爛，發誓以後再也不做那種事了。否則，就太對不起那位不知姓名的老人家。以後他能夠在任何環境中，都不會有非份之想，不能不歸功於那位老人對他的恩澤。不言禮義廉恥，而能端正人的七情六慾，並且把禮義廉恥像樹根植進了大地似的而植進了人的心胸中，這力量大得可以旋轉乾坤！在人生中如果能找出各種不同類型的愛的話，那麼那位老人純真至善的愛應該是首屈一指了。如今已經事隔二十年了，在這些日子裡不知發生過多少「重大事件」，飢也忍過，餓也受過，結果都是差不多一轉臉就忘了，像這種芝蔴綠豆般的小事，卻記得那樣深切，那樣牢實。他這麼想著：如今這夥人不就是等於自己以往的翻版？那位老人能夠那樣仁厚的原諒了我，我為什麼不能以同樣的方式來原諒別人呢？

「你被他們騙過錢嗎——嗯？」警員拿著筆在等著紀錄的樣子，歪著頭又重複了一遍剛剛問過他的那句話。

郝鳴誠目不轉睛的望著林漢傑，以為他一定會誇張些，一定會除了事實本身之外，再加油加醬的添些「作料」的。不然，他就用不著那樣「構思」了。然而，事實上並不如此。

林漢傑竟然搖搖頭說：

「沒有，我沒有被誰騙過。」

沒待警員開口，郝鳴誠就沉不住氣了，用一種詰訊的口吻說：

「你沒有？你說沒有？」

「你應該說實話，」警員也跟著說：「如果有的話，我們會幫你把錢追回來的。」

他笑笑。

「你以為我有說謊的必要嗎？

警員沒話可說了。

郝鳴誠的臉子一下板得像是墓前的石碑，氣急敗壞的指著他又問：

「那你臉上的傷是那兒來的？你說說看！」

「是我自己不小心碰的，這與他們無關。」

「要是真正沒有的話，就請二位回去吧。」警員又轉向那夥人說：「不過你們玩牌，仍然是違警，應該受到違警的處分。」

「我們回去吧。」林漢傑扯扯郝鳴誠。

他們一走出警局，郝鳴誠就吼了起來：

「難怪老張跟你三言兩語的就要和你一刀兩斷了，今天我才知道你是個十足的窩囊廢，鄉下人不識魚凍子——軟肉！人家在你的臉上抹糖雞屎，你還當甜麵醬吃掉！」

林漢傑勉強的笑了一下。

「有話我們回去好好講，在大馬路上這樣嗆嗆喝喝的多不好意思。」

「誰跟你是『我們』？跟你說吧，從此以後，你走你的陽關道，我過我的獨木橋！」

「從此老死不相往來？」

「在沒有認識你之前，我的人生是黑白的。」

「認識我之後，就變成有彩色的了？」林漢傑對郝鳴誠心裡有虧欠，想把這種敵對的心態沖淡些，存心逗他開心。

「呸！全黑了。」

林漢傑倒被這句話逗笑了。

「那，你真需要看『心理醫生』了。」

「爛了的肉不挖掉，怎能長出好肉？」

林漢傑如鯁在喉，一吐為快的說下去：

「佛教主張『提昇人的品質，建設人間淨土』，也就是所謂『心靈環保』。首先要用言行淨化自己，感動別人，以慈悲心看所有人，就不會再有『敵人』了。」

「你能，你行，你很偉大！」

郝鳴誠給氣的幾乎要爆炸了。一說完，扭頭就走，不管林漢傑怎樣叫喚，怎樣解釋，他都充耳不聞的爬上了一輛公共汽車，銀笛一響，拋下了發楞的林漢傑走了。

七

林漢傑拿出香烟，遞一支給郝鳴誠，郝鳴誠朝他橫了一眼，沒有接受，自己卻從袋子裡掏出燃上。眼眶裡被那些不能再增多但也無法減少的怒氣，塞得滿滿的。林漢傑尷尬的縮回手，帶回滿把免費贈送的沒趣。本來想找幾句話兒來說說的，現在也不知從何說起了。

臉子一直綳的緊緊的郝鳴誠，終於開腔了：

「現在不是在大馬路上了，我倒要問問你，你究竟是什麼意思？我費了九牛二虎之力，把那個案子破了，你好，反而說是沒有被誰騙過！」

林漢傑以負荊請罪的心情向他解釋著：

「第一、沒有那個叫黃菁菁的女孩子在場，因此，我們還沒有足夠的證據，能夠肯定他們就是騙子。第二，縱然是的話，寬容不僅是我們幾千年傳統的美德，印度的甘地也曾說過這樣的話：『惟有在有能力報復的時候而不報復者，才是一種寬容』。我覺得我這樣做並沒有什麼不對，是吧？」

「呸！」也許距離近了點，也許用力大了點，吐沫星子噴了林漢傑一臉：「你這不是什麼寬容，而是姑息養奸！」

他朝旁邊扯扯身子，用手抹一下，似乎沒有那種「唾面自乾」的雅興。

「假如我承認了，再假如他們真的是騙子，那就要毀了他們的一生。」

「怎講？」

「不是關進牢裡，就是送外島管訓。」他慢條斯理的說：「我覺得不管牢裡或者外島，都是各路英雄的聚所，他們便可以整天與那些『先進』的『元老』們交換心得，研究發展，不僅技巧方面更進一步，而且對社會的仇視心裡也將加深；將來出獄之後，不但悔改的機會少了，反而會變本加厲起來，這不是等於毀了他們的一生？」

郝鳴誠的一雙眼睛仍然瞪的又圓又大。

「你以為這樣一來，他們就能夠悔改了嗎？」

「雖然不一定，但至少應該給他們這樣的一個機會。『人之初，性本善。』孟老夫子的這句話你該相信吧？」

「人性是惡的。」郝鳴誠把剛吸不久的香烟在烟灰缸裡按熄了：「我贊同荀子的看法：『人之性惡，其善者偽也』。」

「其實，至善的人不多，至惡的人也不多。大多數的人就跟你我一樣；不善不惡，或者可善可惡。在某一種客觀與主觀的情況之下，可能向善，也可能向惡，所謂『一念之間』就是指的這個。」

郝鳴誠的臉上仍然一點表情也沒有，乍看好像是哪位冒牌雕刻家刀下的「作品」。他說：

「你舉個例子我聽聽。」

「比方說，同是一個人，看到別人捉貂時，會覺得很殘忍，沒有天理。（捉貂的人要在下雪的大冷天，臥在雪地上裝著快要凍死的樣子。貂的生性仁慈，便跑來用自己的身體去暖他，希望把他救活。於是抓貂的人趁機就把牠捉住，帶回來剝了牠的皮圖利。）這時他就是性惡的了。原因只是為了一個『利』字，所謂『見利忘義』就是這個意思。」他滔滔地說：「孟子的『舍生取義』；孔子的『汎愛眾，而親仁』！王陽明的『去人欲』，都是要我們滅一分私吾（人欲）便是得一分真吾（天理）。在具體道德生活中的人，似有孟子所說的心性和荀子所說的情性，實際上是既向善（像你）又向惡（像我）的綜合。因此我們應該幫助那些將要向惡的人走上向善的道路。」

郝鳴誠對他的「像你」、「像我」的奉承毫不領情。

「你像在傳道、在說教。如果真如你所說的那樣就不會有『本性難移』這句成語了。」

「罪大惡極本性難移的人當然也有，不過那只是極少數罷了，如秦始皇、張獻忠、李自成、黃巢……。」

「好了好了」。郝鳴誠帶著嘲弄的口吻說：「不過我們的大作家又完成了一本大作，被騙點錢也無所謂。對吧？」

「那本稿子也被那個叫黃菁菁的女孩子帶去看了。」

他像在猝然間明白了什麼似的。

「你的意思是想她有了自覺的一天，會自動的把稿子送還給你？」

「也許會的。」

「哼！你稍息等著吧。」他停了停，又說：「假如她重新謄寫一遍，換個作者的名字，那就不屬於你的囉，縱然打官司你也贏不了。」

「你以為會嗎？」

「我說的是『假如』。」

「假如那樣的話，裡面的情節我曾跟你說過，你該會給我作證的吧？」

「一定。」他冷笑笑：「一定作證那個劇本不是你寫的！」

「人的胳膊肘天生是往裡彎的，你總不能幫著外人說話吧！」

「我們相交十多年，都把對方視為『知己』，俗話說『士為知己者死。』死得甘心，死得其所。可是，一直到今天，我才知道我太愚昧了，一直沒有看清你的真面目。你受騙挨揍，我替你把那些騙子抓到了，叫你去作證，你卻一口咬定自己沒有受騙。你只顧突顯你的仁心仁德，你的大恩大澤，一下子把自己提升了位階。卻把『知己』出賣了。始作俑者，豈無後乎？」郝鳴誠驀地站了起來，越說情緒越激動，聲音越高，最後竟跟吵架似的了：「本以為你是咬狼的虎，那知道你竟是鑽灶的貓！我猜想得到，你不敢，你懦弱，你怕那班傢伙們對你報復，怕白刀子進紅刀子出的宰了你！我呀，嘿嘿，也跟你一樣——怕挨刀子！」

他們這樣一個是大發雷霆，一個則輕聲慢語，叫誰聽著瞧著，都會以為挨打受騙的是郝鳴誠而不是林漢傑呢。

林漢傑微舉右手完全是一副首長們上任時宣誓的姿態，莊嚴地說：「我要是怕事，上帝可以作證。」

「如果真有上帝，早就傷心傷死了——那麼多的土匪惡霸成天在做了使祂傷心的事，祂哪兒還有那種閑情逸致來替你作證啊！」

「那你叫我該怎麼說呢？」

郝鳴誠沒有理會他，說：

「我並不是個寡情無義的混帳東西，我總以為施捨也好，寬容也好，至少應該認清目標，有個尺度。否則，便成了害己不利人，或者害己也害人的事了。」

林漢傑表面上雖然那麼平靜，那麼柔和，一顆心卻在無聲的扭痛著。這並不是為了郝鳴誠對他不能瞭解和誤會，那都不是十分重要的；不管什麼事，不必去關心別人的看法如何，只要照著自己的良知認為對的方向去做，這就行了。他所痛心的，只是他不知道怎樣才能做得恰到好處——那就是說：無論是對個人，對社會，都能產生如他預期的那樣美好的效果。如若不然，自己的一切作為會不會真如郝鳴誠所說的那樣——害人害己呢？

郝鳴誠真是夠朋友，沒有一點虛偽，沒有一絲做作。他想：他的牢騷，他的氣憤，他的嘲弄，其目的，又何嘗不是出於對我的一番善意？雖然我們的思想不盡相同，但能夠有個這樣推心置腹的朋友，也該是令人值得安慰的了。因此，他對郝鳴誠就似負著不知有多大的虧欠。也因此，郝鳴誠無論怎樣對他大發雷霆，他都默然的承受了，而且從內心裡感激著。

他們沉默了很久很久，郝鳴誠忽然又想到一個問題，他歪著頭問道：

「對了，我忘了問你一件事；你說的那個黃菁菁是不是個很美的女孩子？」

「應該是的。」

郝鳴誠一拍大腿，像是一下找著了謎題的謎底。

「可能就是為了這個。」

林漢傑的臉上寫滿了詫異的神色。

「哪個？」

「因為她長的很美，所以你就大發慈悲，所以你就寬容大度，所以你就——」

八

林漢傑很早很早就走進公園，走向上個星期天他曾坐過的那個石凳。

菁菁沒有來，他看看錶，時間太早了，他不禁啞然失笑了。女孩子不比男人，要到哪兒去，屁股一拍就走了，她得這樣那樣的磨蹭老半天才成。

他在那天坐過的石凳上坐了下來，燃上支烟，慢慢地吸著，等著；等著，吸著。有幾個上了年紀的老人在那兒瞎子走路似的摸太極拳；有幾個青年人一跳一蹦的，大概是什麼少林派了；賣茶葉蛋和油炸臭豆腐干的也來了，還是那天見過的那位老幾；賣瓜子、花生米、橘子、糖菓的也都陸陸續續的來了，大都是些未成年的小女孩子，門檻摸熟了，專門往那些一男一女的情侶們面前跑，如果不買點或者買的太「不夠意思」的話，他們就會像是討債似的賴著不走。池畔裝置的收音機正在進行「早晨公園」的節目，嘰嘰喳喳的鳥雀叫聲，使人分不清是收音機裡的還是收音機外的。行人來來往往，越來越多，卻單單沒有菁菁！昨晚電視上氣象報告，說今天是個艷陽天，要是真的，太陽早該掛上樹梢了，可是現在還不見個影兒，雲層卻搶先來報到了。所以有人說呀，誰要是聽信氣象報告來跟人打賭，連老婆都能輸了，看來不是假話了。

已經八點多了，怎麼還不來呢？他開始煩躁起來。他又想起郝鳴誠的話，自嘲的笑笑，心想：我真的成了隻等瞎窟的痴貓了！但他仍然抱著一線希望；他是多麼熱切的希望著菁菁能夠來啊！這樣，便可證明自己不是真笨，不是受人騙；便可證明這個世界並不醜惡，並不如郝鳴誠所說的那樣可怕；這就夠了。……時間一分一秒的流過去，難耐一分一秒的流過來。他一支一支的吸著香烟，除了頭一支，從沒有再用過火柴，完全是這支接那支的。「咈！」烟蒂的火燒痛了他的手指，他這才發現烟丟錯了——把剛對上火的烟順手丟了，手裡仍然留著那個烟蒂。「不會錯了，」他搖搖頭，喃喃自語著：「鳴誠的話是不會錯了。」他將烟蒂朝地上用力一甩，用腳踏了又踏，彷彿想把這幾天來那些惱人的事件連帶踩碎踏爛了一樣。

他的烟癮不算大，通常一包烟可以抽三天，寫稿時例外，但是兩天也足夠了。現在卻大的出奇，變成一支接連一支的了。十來支香烟，加上逐漸增加的不耐與憤怒，使他感到口乾舌燥，頭昏腦脹，心煩意亂。收音機正在播放著國語流行歌曲——「虛偽的人間」，不曉是誰唱的，粗粗啞啞，特別刺耳，難聽。公園裡的人雖然很多，但他一個人卻被埋在淒清的孤獨裡，只有推不開的鬱鬱，層層密密的包圍著他。楚詞九辯中「鬱鬱其何極」這句話算是被他體會到了。他終於絕望了，不再妄想什麼了。「我算是上了一課——人生的一課。」他緩緩地站起，幽幽地自語著：「這一課的代價未免太大了！」

忽然，林漢傑的眼睛一亮，有若風雨之夜發現了曉霞。菁菁來了，菁菁真的來了！他驚訝，他也喜悅。但這種情緒只不過如道閃電，一亮即逝。「她可能來應約，那樣你就要更加小心火燭了。」郝鳴誠的話又在他的耳畔響著：「她不但把你當條魚來釣，而且當條金魚來釣了！」他很快就平靜下來——他要以平靜的心情，來欣賞菁菁「表演」的技巧。「看你耍什麼花樣？」他想：「你當我還不知道？」

菁菁今天的服裝不再是那天的卡琪布了，一襲淺藍色的洋裝、外罩一件純白色的外套，顯得不知有多清鮮淡雅；她的頭髮沒有經過人工的捲燙，那樣自然的垂著；她的臉上可能是薄施脂粉，但卻不露一點化妝過的痕跡。她全身最鮮艷的，該是那頭烏髮上風一吹就像要振翅而飛的紅蝴蝶結了。他發現了她從沒有發現過的一種美，像是某一位詩人筆下形容的那樣——有一種星沉荷池的古典。他不得不懷疑了；懷疑在這樣一個美得脫俗、美得不能再美的胴體裡，會裹著一顆骯髒醜惡的心麼？不，這簡直是不可能的。然而、他忽然又想到了罌粟花、想到了玫瑰，不都是鮮艷欲滴其美無比的麼？但卻不是有刺、就是有毒。於是他的心寒了，警覺也提高了。

菁菁匆匆忙忙地走近他，輕輕地喚了一聲：

「林先生！」

他簡簡單單的應了一個字：

「嗯。」

她拋給他一個微笑，他又發現她有一排貝殼似的潔白美齒。

「您早啊。」

「妳早。」

她仍然笑著，一邊一個酒渦，淺淺的，圓圓的，可惜那裡面沒有酒，如果有的話，只要一點一滴，就能叫人醉得飄飄欲仙了。

「您來了很久了吧？」

他冰冰冷冷地說：

「嗯！是很久了。」

她在他的身邊坐下，她的態度是那樣的安詳，安詳得幾乎激怒了他。當初幫助她的時候，怎麼也不會想到她竟是這麼狡猾。現在，他不止在生對方的氣，也在生自己的氣了。可不是麼，自己為什麼這般愚昧無知呢！無知得竟被一個乳臭未乾的黃毛丫頭玩弄了。

半晌，他不但沒有把內心的感受表現出來，他的態度反而變得不再那麼冰冷了。這倒不是由於她的美使他改變了初衷，而是他準備好了知道底細的成年人在聽小孩子說謊的那份心情。為此，他反而有了一種捉弄人的快感，外加一份「先知」的得意。他咧一咧嘴，裝出欣然的神情。

太陽不曉在什麼時候，也不曉從什麼地方鑽出來的，現在已經「晴空萬里」了，這下就不能昧著良心說氣象報告的不靈光啦。

坐下之後，菁菁似乎覺得必須找點話兒說說了，因此，不經意的朝那正在打太極拳的老人噘噘嘴，問道：

「他在做什麼呀？』

他朝她望望，心裡卻在想著：這件洋裝式樣不錯，質料也不錯，哼，還不是從那八千塊錢裡面拿出來買的。時代真的變啦，現在的女孩子，不但不會因撒謊而心虛臉紅，反而把謊穿在身上，談笑自如，跟沒那回事似的。這一點他不能不佩服了，難道這就是這一代的成績麼？哼！表演吧，看妳的技巧能有多高明！

林漢傑心裡這麼想著，嘴裡還是這樣應付她說：「打太極拳。」

春風像個輕薄的浪子，不安份的撩撥著菁菁的裙襬。她按住飄飄上揚的裙角，孩子似的又問：

「這有什麼好？」

「好不好是很難劃分清楚的，只能這樣說：凡是自己喜歡的就好。」

「那，妳喜歡什麼？」

「我喜歡這個，」他用手比劃著，話裡帶骨帶刺的說：『釣魚』。」

「釣魚？我也喜歡。」她逸興遄飛的說：「釣魚真有意思啊！什麼時候我們一起去釣魚好嗎？」

他嘲弄的說：

「那我就可以跟妳學習學習釣魚的技巧了。」

「我的技巧一點兒也不高明，時常把上了鈎的魚又讓牠跑了哩。」她沒有聽出嘲弄的意味，攏一攏頭髮，從皮包裡拿出一個小紙包遞給他：「吶，這個給你。」

「什麼？」

她跟他故弄玄虛。

「你猜，限時十秒。」

她彷彿什麼猜謎晚會中的主持人，一秒一秒的數著，看他需要多少時間才能猜出。

他將小紙包放在手上掂了掂，眼睛珠子轉了轉。

「準備釣魚用的餌？」

「你怎麼知道的？」她有意逗他。

「我的腦子裡有雷達。」

「答錯了。」她的嘴巴一撇：「你光記得釣魚了；是你上週送我的八千塊錢。」

他詫異的瞪著她，眼睛裡裝滿了一眶的迷離。他也有點不安起來，暗自對曾經懷疑過菁菁的自己那種自作聰明的想像感到羞愧。

「妳父親不是急需——」

「你不知道我跟那些人——玩弄紙牌的，本來就是一夥兒的啊。」

「噢？」這個他雖然早已猜著八成兒了，不過現在由她自己的嘴裡說出來，的確就令人不解了。許多事都是這樣複雜的麼？使人隨時都會推翻了自己所作的認定。

「想不到吧？」

剛才那種「先知」的得意沒有了，預設的心計也落空了，一時弄的情況不明起來，他似乎有一種「打敗了仗」的感覺。他點點頭，說：

「真的想不到。」

「你知道我為什麼會有這樣的轉變麼？」

他思忖著：

「不知道。」

她繼續說：

「我讀完你的劇本，使我深深感到，中國是幾千年的禮義之邦，優美的道德和良善的風尚成為我們立國之本。在劇本裡，許多『沉淪』的心態，似乎並沒有影響到你——你把那些不倫不類牲畜的層面逐漸推遠、化解。作家本來就有能力，也有責任，把誤入歧途的人感化過來。你沒有義正詞嚴的說教，而是用娓娓道來的感性。你把大地在春暖花香中描寫得處處大放異彩，其中有許多畫面，是微笑在眼淚中隱現。如你沒有發自內心的大愛，是寫不出那些美好的情節與景象的啊。劇中乾坤，緊扣著生命情調的起伏，看似平淡，卻處處都含有東方哲學的精華，耐人品味。而我的所作所為，為什麼要背道而馳呢？因此，我越想越覺得應該把這筆費盡心機騙來的錢送還給你。」

「哦！」

「你為我帶來了重生的新機，你為我貫注了希望的勇氣。」

「哦！」他的嘴巴半張著，一直保持著吐字時的那種形狀，好久沒有合攏起來。像是一個患牙痛的人，正在等著醫生拔除似的。

她接著說：

「本來，那天跟你的約會，只不過是個幌子，隨口說說而已——那也是我們事先編好的台詞中的一句，但是今天我卻來了。」

林漢傑高興極了，高興得像是阿姆斯壯帶著人類的希望，左腳剛剛踏上月球表面時那樣，把所有的憤怒和苦惱一下子忘得乾乾淨淨。他此刻心裡在想：待會兒我就可以向郝鳴誠隨心所欲的說嘴啦。

菁菁見他一直發楞，問道：

「你在想什麼呀？」

「噢，我在想妳這樣做太好了，太好了！你們那班同夥的人知道嗎？」

「不知道，我和他們已有五、六天不曾照面了——從我決定了那天起。」

「唔。」他頓然瞭解前天他們那班人所以跟他「要人」的原因了。

「菁菁，我也告訴妳一件使妳想不到的事。」

她撿起一片不該落的葉子在玩弄著。

「什麼事？」

「妳猜，限時十秒！」他也學著她剛才那樣的數著。

她搖搖頭。

「這方面我一向是低能的，不然，我早就去參加電視公司猜這樣猜那樣的節目了。」

他笑笑，剛剛消失的「先知」神情又囂張的回到臉上來了。

「你們騙我，其實我早就知道了。前兩天你們那一夥人被帶到警察局裡，要我去作證。」

剛剛林漢傑臉上的那種詫異，一下子就轉到菁菁的臉上。她說：

「哦！你怎麼說？」

「我說我根本就沒有受騙。」

「為什麼？」她驚訝的跳了起來。

「我要他們自悟自覺」他說：「菁菁！假如妳把妳的那種感知講給他們聽聽，他們不是也可以改變過來嗎？」

「他們的眼睛所看到的，耳朵所聽到的，全部是社會上一星半點的污點；他們把那些污點擴大，再擴大，於是，他們有了做壞事的藉口，也有了更多的理由來原諒自己。當初我之所以入夥，完全是受了他們的威脅。」

「我認為人的本性大多是善良的，縱然做錯了事，也是一念之差，總有自覺自悟的一天。你能，他們為何不能？妳不想試試看嗎？」

「恐怕比海底撈針還要難。」她說：「我對他們很瞭解。因此，我也不想自找麻煩，惹事生非。」

他沉思著。

她換了個話題又說：

「你既然是知道了，難道一點也不生氣？」

「怎麼不？剛才一見到妳時，我的心裡還很激動呢，但不久就平靜下來了。」

「原因是——？」

「我打算等妳表演完了後，再把妳的西洋鏡拆穿，好好的教訓妳一頓，想不到妳自己先說了出來。」

「你很失望沒有了用武之地？」她說：「你知道我一定會來自投羅網嗎？」

他搖搖頭：

「不知道。至於我來應約，是抱著兩種心情；一是希望妳並不是一般人想像中那樣的女孩子，一是我認為一個人縱然誤入歧途，也像吃醉了酒一樣，只要酒一醒，就該是原來的自己了。」

她專注的聽著；專注的不自覺的翹起嘴唇。

他繼續著：

「菁菁！現在全國同胞，都在熱烈響應『復興中華文化』與『厲行國民生活規範』兩項偉大的號召，想不到妳倒起了帶頭作用！」他的中指和大拇指用勁一擰，啪的一聲：「對！這是個好題材！」

她茫然的問：

「什麼好題材？」

「下一個劇本就該是妳這個故事了。」

「真的？我是個影迷，你寫的劇本，將來拍成電影，我一定要看上幾場。」她側著頭說：「不過你寫劇本時還要注意另一個使我轉變的原因，並不能完全歸功於你那本《沉淪》啊。」

「另一個原因是什麼？」

她用嘴一噘。

「你。」

「我？」他指指自己，懷疑的問：「我怎樣？」

手裡的那片葉子碎了，落在衣服上，她用手彈彈。

「你的正直與一無所求。很多人拿出一點錢，都想獲得一些什麼，這從他們的眼睛中很容易就可以看出來了，只有你，雖然拿出這許多錢，卻是個例外。」

「妳把我說得比原來的我自己要可愛多了。」他打著哈哈說：「其賞我並不是如妳所想像那樣的。」

她好奇的問：

「是怎樣的呢？」

「在你們玩牌的當口，我也曾有過押兩下的衝動。」

「你怎麼沒有押呢？」

「我也說不出，也許我缺少那種勇氣。」

她更加奇怪了，在她的經驗裡，任何一個在相識不久的人面前，都會在有意無意之間把自己的長處誇大些，就像電視裡那些令人一看就倒了胃口的醫藥廣告一樣。把自己的短處則隱瞞起來，絕口不提。如今他竟恰恰相反，在她的心目中，那種短處反而變成了可圈可點的長處了。

「你所說的那種勇氣！沒有做壞事的勇氣，也許就是一個人的教養與氣質了。」她也笑笑說：「假如——我說的是假如，你參加的話，也會跟我輸得一樣的慘哪！」

「不會的。」他肯定的說。

「不一定。」她說：「人要是迷糊起來，有時連自己也做不了主了。」

他拍拍口袋說：

「縱然我迷糊，它也不會那樣爭氣的啊。」

他們已經談得很熟了，好像有了十年以上的深交似的。

賣瓜子糖果的那個小女孩來了，兩手端著一個竹子做的匾子，兩頭的中間繫根棉繩子套在脖頸上。朝他們面前一站，頭向後微微仰著、肚子向前微微挺著，用眼角瞟瞟他們，那意思像是在說：「趕緊兒買吧，不然我就這樣賴著不走了。」她這種作法果然收到極大的效果，林漢傑買了包五香豆乾、花生米和香烟。那小女孩計已得逞，高高興興的走了，臨走時還回過頭來，朝林漢傑扮了個鬼臉，那意思像在說：「我見的可多啦，你們再繼續談吧；談那些摸不著邊際的雲兒、花兒、夢兒吧！」她的表情成熟得不知有多大人氣，一臉都寫著什麼都懂的樣子。林漢傑的臉卻情不自禁的一紅，忙不迭的抽出支香烟燃上，藉此掩飾過去。

「妳吃這個，」他把五香豆乾和花生米遞給菁菁：「這兩樣放在一起吃，有一種火腿味道。」

「噢？」他剝了塊豆乾，又加上兩粒花生米一起放進嘴裡，慢慢地嚼著、品著，最後還是搖搖頭說：「我實在品不出。」

「那是金聖嘆在臨受刑前跟劊子手說的。」他說：「我也試過，結果跟妳一樣，品不出。」

「這證明你們這些文學家、作家們都是蓋仙、都是吹牛大王。」她說：「比如你那個劇本，有的地方吹得叫我忍不住的要笑出聲來，有的地方又蓋得叫我心裂腸斷的直想大哭一場。但不管真假，都能把人感動得重新檢閱自己。」

「對了，我那個劇本呢？」

「你不說我也忘了；你不是寫好了地址，準備寄出的嗎？我看完之後，怕躭誤了時間，第二天就用掛號寄了。」她打開皮包，拿出一張收據交給他說：「喏，這是掛號收據。」

他接了過來。

「謝謝你。」

「我不要你謝我，我要你原諒我。」她的眼睛裡裝滿了祈求的神色：「會麼？」

「會的。」他吸了口烟，說：「一個人不怕做錯了事；事實上人非聖賢，也很少有人不做錯事的，只要知錯能改，不是有這麼一句成語——『浪子回頭金不換』的話嗎？』

她臉上原本漾著的笑意逐漸加深、加濃。無論怎麼看，也使人不能相信上一回在這裡的她，與現在在這裡的她，會是同一個人。小鳥從這一棵樹的梢上，飛到那一棵樹的梢上，馱一翅金光，摟一懷歡愉。

他們正談著，笑著，林漢傑一抬頭，見到那班騙徒們從博物館那個方向遠遠的走了過來，他扯扯菁菁。

「妳看看是誰來了？」

她驚惶失措地站起，驚惶失措地說：

「是他們來了，這、這該怎辦？」

「別怕，他們又不是會吃人的獅子老虎。我正好想找他們呢。」

她不等他說完，就接了過去：

「你不知道，他們都是些亡命之徒，登記有案的甲級流氓，不是好惹的啊！」

「不要緊，妳放心好了，一切有我。我已經跟他們較量過一次了，」他指指臉上的疤痕：「這就是成績。」

「哦！」

「那天一見面他們就問我『那妞兒呢？』把我真是弄得莫名其妙，我回答說『不知道』，於是他們就動起手來了。」

「菁菁！菁菁！」騾子高聲嚷著，他們已經發現林漢傑和菁菁了。

菁菁拉著林漢傑就走，一面說：

「他們人多勢眾，同時在這兒鬧出事情來也不好看喲。」

一出公園的門，也不讓林漢傑張嘴，菁菁就招呼輛計程車，將他連推帶搡送進車子，自己也坐了上去。

「菁菁！菁菁！」車子已經急馳而去、騾子氣急敗壞的跑了回去。兩手一攤，說：「怎樣，我猜的不錯吧？你們還以為那小子是他媽的什麼好東西呢！那才是半夜穿褲子——分不清哪正哪反啦。」

黑馬說：

「在沒有見到菁菁之前，還不能肯定的說是怎樣怎樣。」

小黃又捲袖子又伸胳膊的說：

「剛剛的那一幕你不是親眼看見了嗎？兩個人親親熱熱的鑽進了汽車。菁菁不是被他拐騙去了是什麼？想不到咱們這一夥專門騙人的人，反而連人都給人家騙走了，真他媽的算是閻王給小鬼迷住咧！」

騾子接著幫腔說：

「事實勝於雄辯，不然，那小子在警察局會一口否認了受騙被打的事？」

大夥兒目光都落在老大的臉上，以為老大一定要大發雷霆了。然而，一直過了好久，他才一揮手，跟沒那回事般的說：

「走吧！」

九

一連燒了三天，體溫曾高達四十度點五，今天才算是好了些。在這三天當中，林漢傑渾渾噩噩的，好像做了好多夢；夢見故鄉家園，夢見父親和母親………還夢見一雙濃眉大眼的女孩子。他分不清那雙濃眉大眼的女孩子是誰，他思索了好久，忽然想起了菁菁。

他雖然醒了，還是懶得睜眼，三天的高燒使他感到混身疲憊，精神恍惚。此刻，真是應上「藍與黑」那首歌的詞兒——「不知道是早晨，不知道是黃昏」了。他不想動彈，但是口乾舌燥又在催著他逼著他非起來一下不可。於是，他瞇著眼睛，翻了個身，準備爬起來。

「你想起來嗎？」一個女孩子的聲音。

「妳！」他那雙本來是瞇著的眼睛睜大了些，發現站在床前的竟是菁菁。他以為自己還沒醒，又在做夢了。他搖搖頭，眼睛眨了兩下，睜得更大一點，證實了這不是夢。他詫異的叫著：「菁菁！是妳！」

「好點了吧？」她說：「大夫說是什麼病？」

「好多了，感冒。」他的嗓子啞啞的：「妳怎麼知道我的地址的？」

「我到你服務的公司，找到你工作的同事——郝先生，因此才知道。」她說：「對了，郝先生原來正準備提前回來照顧你，聽說我來看你，他就不急著往回趕了。」

「有事情嗎？」他問。

她的臉子突然冷了下來，氣嘟嘟地說：

「你是說，我不應該來看你，或者是你不歡迎我來看你？」

他連忙說：

「哪裡哪裡，歡迎之至！」

菁菁從水瓶裡倒了半杯熱開水，又從茶壺裡摻了半杯涼開水，端到他的面前。

「要不要喝點開水？」

「謝謝妳！」他坐了起來，伸手去接。

她那端著杯子的手朝旁邊讓讓。

「我來餵你喝。」

他那樣伸著頭喝水，有點不習慣，嚥也不太好嚥，但還是把一杯水喝完了。

「想不想吃點什麼？」她把杯子放到茶几上又問。

經她這麼一提，他真的感到有點餓了。

「餅乾盒裡有餅乾，請妳拿幾片給我。」他朝三腳架上指指，這才發現上面多了很多東西；奶粉、雞蛋、蘋果，還有一束火紅火紅的玫瑰。他問她說：「那些東西是？」

「你對別人那樣慷慨，對自己為什麼竟這樣吝嗇呢？」

「不是吝嗇，只是不習慣浪費罷了。」

「你等一下，我去給你做碗豬肝湯。」

「不，不用費事了，同時現在也買不到豬肝了。」他說：「幾點吶？」

「三點一刻，」她看看錶：「豬肝上午就買了，也切好了，我看你睡的好熟，所以就放在那兒沒有做。」

「妳上午就來啦？」

她點點頭，笑笑，就走了出去。接著，他聽到廚房裡傳來鍋碗的聲音，不一刻，菁菁就端了碗直冒熱氣的豬肝湯來了。

吃過了之後，他的精神好多了；好得直想爬起來跑一跑、跳一跳。

「三天的針藥，也沒有豬肝湯管用。」

「真的這樣靈光？」她也跟著高興起來；「我每天來給你做一碗。」

「剛剛說過，我是不習慣於浪費的。」

「由我來買，好吧？」

「誰買都是一樣。」

「這不能說是浪費。」她說：「聽說你經常寫稿寫到深更半夜，一點東西也不吃，把得來的稿費，卻都幫助別人了。」

「凡是接受我幫助的人，環境一定比我差，錢的價值就更大了。」

「一支蠟燭，是不應該把兩頭都點著的啊！」

「我知道，謝謝妳。」他說：「妳的住址是？改天再專程到府上致謝。」

「我一個人住在南京東路×段××號。致謝不敢當，也用不著，只要你能沒有把我這個人忘了就好嘍。」

忘了？怎麼會呢？剛剛在夢裡還不是想著她嗎？但是，他不敢跟她接近倒是事實，他怕那樣久了，就會發生他原本沒有想有的那份情感，也許就是為了這個，他沒有問她的地址，也沒有告訴她自己的地址，

「不會的。」他想把剛才夢中的情形告訴她，又給他忍住了。只是說：「那怎麼會呢？」

「還有事要我做的嗎？如果沒有的話我該走了。」她說：「我現在在一家工廠當會計。」

「噢、沒有了。」他說：「妳趕緊到工廠去看看吧。」

「好好休養。明天要結賬，晚上下班以後再來看你。」她拿起皮包，揚揚手：「再見。」

「不用再麻煩了。」他也揚一揚手：「再見。」

她走了，他一個人留在孤獨的寂寞裡。本來嫌小的寢室，自她走後，突然變成空曠起來，使他有如投身於曠野那樣。剛才的那一幕一直在他的腦際中縈繞著，這在他的一生中，那種美好的溫存，該是頭一次了。他想：假如一個人永遠這樣病著，而永遠有這樣的一個人來伴著，那該是多麼的幸福啊。

「病好了，該去看看她了。」

他像在跟誰講話似的，喃喃自語著。

「見了她該說些什麼？以後會發展怎樣的後果？她是那樣那樣的可愛，我能有把握不在情感上受到影響嗎？如若不然，我不是真的成了『有心人』啦？她對我的印象如何？她之所以來看我，僅是為了感激我曾經那樣誠懇的幫助過她？或者是……？」他想了很久，也想了很多。

第二天他的病好了，恐怕菁菁來看他，特地提早吃了晚飯就去看菁菁了。

那是幢公寓式樓房，菁菁所住的房間，客廳雖然很小，佈置的卻很整潔，林漢傑一到，菁菁的臉上，就爬滿了笑意，興奮地說：

「好啦？我正想去看你。請坐請坐！」

「所以我就先來了，」林漢傑在一張雙人沙發裡坐下：「謝謝妳！」

菁菁泡了杯茶，自己也在他身旁坐了下來。她說：

「假如我的記憶不錯，記得你曾說過這句話是最不中聽的了。是吧？」

「是的是的。」他說：「我只是來看妳，剛才說溜了嘴。」

「你是我搬到此地來的第一位貴賓。」

「平生最怕作客，更怕做貴賓。」他燃上烟：「妳在這兒住多久了？」

「從離開那一夥人之後，就搬來這裡了。」她想了想：「差三天就整整一個月了。」

他覺得實在找不出什麼話可說了，他第一次感到單獨與一個女孩子談話，比寫劇本中的對白要難得多，於是他想到了電影院。他說：

「看場電影好嗎?樂聲的《女王密使》聽說不錯呢。」

「你的身體剛好，應該多休息的啊。」

「不要緊，」他挺挺胸脯：「今天下午一頓吃了兩碗飯，外加一個大饅頭。」又伸伸胳膊：「嘹！這像是有病?」

「你稍坐一會兒，」她站了起來，順手把當天的晚報遞給他：「我去整理一下。」

菁菁去了，林漢傑在看副刊，副刊上的小字一個個忽然跳躍起來，旋轉起來，每一個字都旋成了鼻子、眉毛、眼睛、嘴巴……不久又合攏了，成了菁菁那張清秀的臉。

「走唄？」

他抬起頭來，就傻住了；站在他面前的菁菁，穿一襲淡青色碎花旗袍，長長裸露著的粉臂，長長裸露著的玉腿，處處都展現出成熟的誘惑，使人多看兩眼就會心悸起來。三十歲的男人，再老實也不致沒有那種衝動，也不能沒有那種經驗，也不會在那種情況下能夠「心如止水」的了。他連忙把視線轉到別的地方，把思維也來了個急轉彎，像是忽然發現面前斷崖削壁的司機。

在黝暗的電影院裡，情形越發嚴重了；發自菁菁體內那種少女所特有的香味，以及肌膚與肌膚的觸及，氣氛的感染，都是媒介，都是鼓勵。林漢傑生理與心理都有著那種年齡層次應有的反應，自然而然的活躍起來，氾濫起來。此刻他彷彿有兩個「我」，一個揮著「情慾」的矛，一個舞著「道德」的盾，搏鬥廝殺。難道說男人本然就有一種惑於異性的不潔根性？想當初，他幫助菁菁的初衷，跟美色「不沾鍋」？假如菁菁是個七老八十的又老又醜又髒的老婦。你會同樣的關懷她麼？能說沒有一絲絲「趁人之危」麼？這種心理有多齷齪，有多骯髒！他忽然對自己有了莫大的反感。他終於找個一聽就知道是藉口的藉口，也顧不得菁菁的難堪，就逃出了電影院，落荒而去。

多可怕啊！他回到寢室，還在想著剛才的那一幕，他像是從神的地位一下子降格到最低下的動物。他在心裡不斷的詛咒著自己：多麼荒謬！多麼猥褻！

「怎樣？」郝鳴誠說：「昨天她來看你，可以說是『藥到病除』。今天你去看她，成績怎樣？」

「以後再也不要見到她了。」

「她對你不大歡迎？」

「不是不是。」

「那是你對她不太滿意？」

「也不是。」

他拍著前額。

「那為啥？」

「我也說不清。」

「我來替你說好不好？」郝鳴誠的眼珠子轉了轉說：「她對你很鍾情，你呢？對她也很中意，但你為了要表現那種可憐兮兮的超然，所以就要逃避，對吧？」

他不吭氣。

郝鳴誠接著又說：

「你自己也說過；你我大多是平凡的人，而你自己卻一心一意的想往聖人的位置上跳，想往聖人的位置上蹦，那不是存心跟自己過不去？」

他的嘴唇動了動，想說些什麼，想解釋些什麼，結果又閉上了。他似乎懶得說些什麼，解釋些什麼了。

郝鳴誠繼續著說：

「一個男人愛上一個女人，一個女人愛上一個男人，沒有比這再正經的了，你又何必要把那些不相干的事件扯在一起呢？羅素就曾說過這樣的話：我們追尋愛情，因為愛情有時候帶來狂喜，有時候解脫孤寂，最重要的還有一點，愛情的本質最神聖！」

「你不用說了，請你不用說了！」

郝鳴誠縱情大笑起來，這笑聲裡充滿了戲謔的味道，充滿了嘲弄的味道。林漢傑忍受不了這種戲謔和嘲弄，轉身想走開時，又被郝鳴誠一把抓住了。

「敢情你是劇本寫多了，也把自己當做劇本中的人物處理了——前後的性格要表現得一致？對於寫作，我雖然是殺豬的剁尾巴——外行，不敢跟你班門弄斧，但我確信創作大都是刻畫社會百態，甚至是全屬虛構，它沒有責任，也不必跟自己『共同起居作息』的啊。」

他不知道該怎樣回答，他也沒有辦法把自己的感受說清楚。在他有生的三十年中，第一次被這樣大的苦惱困擾著，也是第一次，對自己的意識卑視著。假如說，菁菁跟他是在另一種對等的情況下相識的，那就另當別論了。他更懷疑自己在當初的潛意識中，是否已有了某種企圖？然而，他想：「不管怎樣，我不能這樣，我不能要一個女孩子為了對我的『報答』而獻出了自己。」

有些事情是不必去尋求答案也許會好些，但人總喜歡好奇的追根究底。就像菁菁給他所帶來的困擾，如果當初他不去追根究底的問這問那，一切都不會和現在一樣了，又哪來的這許多回目呢？

林漢傑端起茶杯，喝了口茶，在放回茶杯時，還沒有送到桌子的地方，竟心不在焉的放下了，「哐啷」一聲，茶杯跌得粉碎。

「道是不相思，」郝鳴誠吟詩似的一詠三歎：「只為相思苦啊！」

他沒有作聲，朝床上一躺，閉上眼睛，他需要思索一下，休息一下。

十

林漢傑的情緒越來越不對勁了，時常神經兮兮的自言自語，時常莫名其妙的唉聲嘆氣。這情形自然瞞不過精得像猴子似的郝鳴誠，可是他怎樣也無能為力幫他解除困擾，最後，郝鳴誠終於決定自己去菁菁那裡拜訪一次。

經他轉彎抹角的得知菁菁住址後，這天一下班，他就直接的去了。

「郝先生請坐，有事情嗎？」起先菁菁愕然的楞了一下，立即禮貌的說。

他坐定之後，一面向屋子裡打量一下。

「林先生最近來過嗎？」

「除了我去看他的第二天來過一次之外。」她給他泡了杯茶。

他將茶杯端起，又放回原處。

「菁菁小姐，我想請問妳一句話，希望妳能從內心裡回答我。」

「好的，假如我能夠回答的話。」

「妳對林先生的感情怎樣？」他開門見山的問。

「他呀！」她有點激動了：「我不希望再聽到他的名字，或者有關他的一切。」

有人說人情薄如紙，比紙還要薄的，恐怕要算是男女之間的愛與恨了。不過話又說回來，恨由愛生，如果根本就沒有愛，也許就無從恨起了。從菁菁的態度上看，她的確是在恨林漢傑，但也無疑是愛他的一種「不打自招」。郝鳴誠心想：難怪蕭伯納曾經說過這樣的話：「男女之間無友誼。」這確是過來人的經驗之談。他說：

「妳知道他一直在深深的愛著妳嗎？」

她冷冷的笑著。

「我自信我知道的不會比你少。」

「其實呢，這一點也不關我的事。」他儘量把話說的緩慢些，真摯些：「請妳相信我，我沒有理由造謊來騙妳。」

「但我也找不出一個理由可以相信他在『深深』的愛著我的。」

他端起茶杯啜了一口，說：

「如果林漢傑像妳想像的那樣，或者是一般人所表現的那樣方式來愛妳的話，那他就不是林漢傑了。」

「難道說表現得那樣冷漠也是一種愛的方式？」

每當她情不自禁的想到那一段夢似的過往時，林漢傑那天給她留下的難堪便會立刻在心中顯現，那是她無論怎樣也忘記不了的。

「妳對他還不夠了解，妳不會知道他愛妳已經到了什麼地步。」

她撇一撇嘴，笑笑——那樣不以為意的笑笑。

他繼續著：

「他在睡夢中時常叫著妳的名字。」

「這算是第三流小說裡的句子了。」她調侃的說。

「前天，他在一張紙上寫了幾十個同樣的字——菁菁。」

「那是不可能的，那是不可能的。」她的頭一直搖著，話說完了還在搖。

「我和他同事多少年了，我最瞭解。」

「瞭解什麼？」

「也許他以為當初曾經幫助過妳，如今要是摻進了愛情，對他當初的動機就變質了。同時他又深恐妳是為了感激他對妳的相助，以報答的心理而愛上了一個並不是自己所愛的人。」他說：「但是，在另一方面，他是千真萬確愛妳的。」

「我不懂。」她雙眉緊蹙起來。

「妳該知道他是個好人，我不忍心眼看一個好人長期的受著自己的折磨。」

「你的意思是？」

「我今天來的目的，就是看看妳對他的情感究竟怎樣？如果很好，只是為了某點小誤會，我應該從中排解。我是他的好朋友，我見過他幫助過人家很多的忙，現在這個忙輪到我的頭上了，我覺得我有這個責任。」

「為了你的朋友，於是就來做說客了？」

「不僅是他，也包括了妳。」

「噢？」

「妳要知道，在我們的一生中，不會碰到幾個真正有情而又懂得愛情的人的，如果碰到了，就必須把握，別讓幸福溜走了。」

她不說話。

他再說：

「好好愛他吧，因為他是真心愛著妳的！」

很顯然的，她那平靜的心湖隨著他的話有了波動。她咬著嘴唇，非常費力的壓制著，平息著，因為她不願意在別人面前現出自己的弱點——屬於情感方面的。

在這一瞬間，郝鳴誠忽然有了一種新的發現，他發現林漢傑所以會「情不自禁」的愛上她的原因了，因為她實在是個值得愛的女孩子，不光光具備了「美麗」這兩個字眼，而是屬於靈性一類的。

「你怎能使我相信你所說的——他對我那種千真萬確的情感呢？」她說。

「這很容易，」他跟她如此這般的一說，然後問道：

「怎樣？」

她猶豫著。

他再說：

「試試看吧，好麼？」

在這一瞬間，她感到自己軟弱了，她想起一句俗語：「弱者是女人」，以往，她一直是否認的，現在，她開始在心上承認了。

她終於點了點頭。

「好吧！」

第三天有風有雨的傍晚，因為無事可做，林漢傑和郝鳴誠提前就寢，剛剛躺下，電話鈴響了起來，郝鳴誠拿起了聽筒，說：

「是的……什麼事？……好的好的。……馬上就來，馬上就來。」

林漢傑問道：

「什麼事？」

「菁菁的房東打來的，菁菁病了，很嚴重。」

「她的房東怎會知道你的電話號碼？又怎會想起打電話給你呢？」

「是打給你的，她在菁菁的記事簿上看到只有你的電話號碼和住址。」

「什麼病？」

「沒有說，只是說很嚴重，要你馬上就去。」

這時林漢傑就像戲台上的馬僮，一挺身就從床上蹦了下來。

「現在已經十點多了，風雨這麼大，什麼車子都沒有了，怎辦？」

「我去找小張，」郝鳴誠也十萬火急的，穿好衣服：「如果他不在，公司裡那輛車子我可以開。」

「你沒有執照，有什麼用！」

「誰說的，」他從袋子裡掏出執照向他晃晃：「這是假的？」

「那就不要再費事找小張了，免得躭誤了時間，怎樣？」

「也好，我去把車子開來。」

郝鳴誠走後，林漢傑在寢室裡來回不安的走著，心裡比熱鍋上的螞蟻還要焦急。他想：菁菁與我，如果命運注定沒有明天，抱歉的是我，是我不好。

不久，郝鳴誠就在門口喳呼開了：

「走吧走吧，車子開來了。」

林漢傑連雨衣也忘了穿，就奔了出去。

風小了點，雨仍然嘩啦嘩啦地沒換口氣過，好像不知憋了多久似的。他們的車子剛剛到了新生南路，忽然發現有一輛小轎車翻在路旁，車廂裡好像還有人。

「慢點慢點。」林漢傑說。

郝鳴誠也發現了，他將車子駛近。

「停車停車。」林漢傑說：「車廂裡有人。」

車子停下了，他們走到跟前一看，有一位老年人和一位年輕司機，不知怎樣發生的車禍，都昏迷不省，而且還在不斷的流血。

林漢傑抱起老人的頭，焦急地問：

「怎辦？」

「這是沾不得的啊，」郝鳴誠提出了顧慮：「如果他們有了什麼意外，我們就脫不了手了。」

「我們總不能這樣不管呀！」

「不是我們不管，而是管不了。」

「他們太危險了，如果我們走開，可能會有生命危險。」林漢傑抹了一把臉上的雨水：「惻隱之心誰沒有呢？」

「你要知道，菁菁的病也很嚴重啊。」

「那也沒有辦法，誰急就得先救誰。」

「這樣好了，你在這兒等著，我去到附近的警局，找他們來處理。」

「不行不行，時間恐怕來不及了，救人要緊。」他說：「你幫我把他們抱到車上，先送到附近的醫院。」

「要是他們在路上，或者到了醫院裡翹了，我們怎辦？你別抓著膽汁解渴，自找苦吃！」郝鳴誠提醒他說：「到那時候，警察對你——也包括我，就不會有那種你所說的『惻隱之心』嘍！」

「救人第一，現在不是研究後果的時候，再說事實上不是我們撞的，你怕什麼？」

「你能提出什麼證據，證明不是我們撞的嗎？」

「那，那，」他也為難了，但他還是固執的說：「不管怎樣，我們也得先將他們送進附近的醫院再說。」他已把老人抱起了：「快！快來幫忙！」

郝鳴誠雖然十分的不情願，還是幫著將他們抱進車子，駛到附近的一家醫院。

「這兩位是我們在路上遇到的，」林漢傑和郝鳴誠把他們抬到急診室，林漢傑喘著大氣，跟那位值班的護士說：「請妳趕快找大夫來急診。」

他說完拉著郝鳴誠就走，但沒有走成，被護士小姐像抓小偷似的攔住了，護士說：

「你們不能走啊！」

「妳要我們幹嘛？又不會看病！」郝鳴誠說。

「你們得先辦理住院手續，還得繳保證金——每人兩仟塊。」

「他們姓什麼叫什麼我都不知道，怎麼辦？」林漢傑從口袋裡掏出準備為菁菁看病的一疊鈔票，數了四仟塊錢，連同自己的身分證朝護士面前一放：「這樣好了，完全拜託妳了。我們另外還有急事，天亮再來。」

「請二位稍等一下，」大夫也來了，問明了情形，他一面撥著電話，一面說：「我先和警察局連絡一下。」

「怎樣？這下一定要惹火上身了吧？」郝鳴誠嘀咕著。

「反正不是我們撞的。」

「還是那句老話，你能提出不是我們撞的證據嗎？」

「他們自己會證明的。」

「他們現在連句話都不能說，證明個屁！」他抱怨著說：「我早就說過，你是個自以為聰明的大傻瓜！」

大夫打過電話，就忙著招呼兩位助手急救傷患，臨走時還特別交待護士要她等警員來到後，再讓林漢傑和郝鳴誠離去。

不多久，警員就來了，他先跟護士說了一些什麼，然後向他們問道：

「那位是林漢傑林先生？」

「是我。」

警員指指郝鳴誠又問：

「這位是？」

「我叫郝鳴誠。」

「你們的車子是誰駕駛的？」警員在記事的小冊子記錄著，看光景，他的年紀總在五十開外，不過精神卻很健旺。

「是我。」郝鳴誠說。

「嗯，你們兩位表現的非常好，雖然出了車禍，但是還是把傷患送進了醫院。」

「車禍？」郝鳴誠圓睜著一雙眼睛：

「我們沒有什麼車禍呀？」

「那兩位傷患是我們經過新生南路時遇見的。」林漢傑解釋說。

「當時還有什麼車輛？」

「沒有。」

「有什麼人見到嗎？」

「也沒有。」

「我們怎能相信不是你們肇的車禍呢？」

「那兩位傷患的本人。」林漢傑說。

「他們還不能講話，」警員說：「我是說除了他們之外。」

「那——」

「怎麼？現在麻煩真的找來了吧！」郝鳴誠說。

「不管怎樣，我們救人總不能算是壞事啊。」林漢傑抗辯著。

他們正在說著，那位護士從急診室走出來說：

「老人醒過來了。」

「我可以跟他講幾句話嗎？」警員問。

「可以，但不要太多。」

他們走進急診室，警員跟那位躺在手術枱上的老人說：

「你知道你現在在醫院裡嗎？」

「知道。」

「你知道你是因車禍受傷的嗎？」

「知道。」

「是什麼車子撞的你還記得嗎？」

「記得。」

「是什麼樣的車子？」

大夥兒都屏息靜聽著。

「一棵樹。」老人說：「是我們自己撞上了一棵路樹。」

林漢傑和郝鳴誠同時舒了一口氣，心裡懸著的一塊石頭放下了。

「以後呢？」警員繼續問。

「我想掙扎著起來，掙扎了好久，可是我起不來。」

「再以後呢？」

「我暈了過去，就什麼都不知道了。」

警員還想說些什麼，但被大夫示意止住了。他們退了出來，郝鳴誠說：

「現在沒有我們的事了吧？」

「對不起二位，」警員連忙說：「沒有事了。」

「我們走吧，」郝鳴誠跟著林漢傑邊走邊說：「這真是應上了諸葛亮在『空城計』裡的那句詞兒了——好險啦！」

車子到了南京東路×段××號停下，林漢傑跟衝鋒似的衝到門口，捺了捺電鈴。不久，門開了，是菁菁。

「菁菁！妳——」他上下打量著她。

「今天是菁菁請我們吃宵夜。」郝鳴誠搶先回答了。

「光是為了吃宵夜？」

菁菁望望林漢傑；郝鳴誠望望林漢傑；林漢傑又望望菁菁，他們三人不約而同的大笑起來，好像同時領略到一個十分幽默的故事似的。

林漢傑混身濕的像隻落湯雞，直楞楞的站在那兒，不一下工夫，腳下就成了汪洋一片。他說：

「你看，這多狼狽！」

「這樣才是風雨現真情的見證啊！」郝鳴誠遞給他一個袋子：「快到盥洗室換換衣服，吶，這都是你自己的衣服，我給你帶來了。」

「原來是你（妳）們做好的圈套？」

「答對了，」郝鳴誠得意的說：「菁菁與你產生了誤會，不這樣就不能把你（妳）們『套』在一起了啊。」

林漢傑走進盥洗間，郝鳴誠指指地上的「一片汪洋」跟菁菁說：「這些『特寫』鏡頭，都是真情的憑證啊，比一般情人嘴裡的山盟海誓，可靠得多，比一般詩人筆下的詩句，也可愛得多了。」

菁菁的臉本能的紅了一下，隨即關心的說：

「他不會著涼吧。」

「不會的，因為他有滿腔熱情啊。」

「我來沖點咖啡，去去涼氣。」

林漢傑出來時，菁菁已經準備好了三杯咖啡，和三份點心了。她也在一旁坐下，話匣子就打開了。

狂風停了，驟雨也停了。太陽從窗外鋪陳出一野百花齊放的艷麗，林枝上百鳥齊鳴與室內的歡笑合奏出一曲天籟之音，其中忽隱必現的風趣和魅力，絡繹不絕。叫人專注，也叫人恍神。

「你們怎麼這晚才來？」菁菁忽然問道。

「棉花店掛弓——不能談（彈）了。」郝鳴誠說：「在路上碰到一個車禍，我們這位大善人一向是慈悲為懷，不但把那兩位傷患送進醫院，而且還貼了四千塊錢。」

「什麼錢？」

「保證金呀。」

「啊！」

「還險些吃上官司呢，」郝鳴誠吃了塊點心，又喝了口咖啡：「要不是那位老人甦醒過來的話。」

「不談這些了，」林漢傑抱怨說：「既然是菁菁請吃宵夜，你怎不早說？」

「早說？不能早。」郝鳴誠的頭直搖：「非要在這樣有風有雨的夜裡，說是菁菁病了，才能看出你對菁菁情感的份量，你該懂了吧？」

林漢傑的臉一紅，他瞟了菁菁一眼，菁菁的臉上也染了一層紅，紅得嬌美，紅得好看。

「證明已經找到了，」郝鳴誠又吃了塊點心，抹抹嘴，站了起來：「好，現在是沒有我的事了，再見！」

「慢著慢著，」林漢傑一把將他拉住：「你也陪我們坐坐，一起走。」

郝鳴誠並沒有被留住，他知道自己在這樣的場合中留下來是多麼的多餘。因此，他掙脫林漢傑的手，出了門，就駕車返回了。他也跟林漢傑完成了一篇創作一樣，心裡洋溢著無限喜悅。

林漢傑和菁菁喝著咖啡，吃著點心，說著笑著。不知是有心還是無意，菁菁在又一次將各人面前杯子沖滿咖啡重新坐下時，跟林漢傑靠攏了好多；他們中間的距離近了，心與心的距離也近了。

不知什麼時候雨已經停了，室內很靜，淺綠色燈罩下放射出的幽光，使人有一種矇矇矓矓的感覺，夢似的幻似的感覺。連空氣也充滿了溫馨，充滿了甜蜜。菁菁眸子半掩，睫毛半垂，這就越發顯得美的出奇，美的脫俗了。

在這樣寧靜的深夜，在這樣美好的時辰，人的情感是特別容易顯露的，何況是彼此情投意合的一對戀人呢。

他看著她，目不轉睛的看著她。

菁菁指指巧克力餅說：

「你不是喜歡吃這個的麼，怎不多吃點？」

他不作聲。

她又說：

「你怎麼啦，跟你說話沒有聽到麼？你怎麼老是那樣看我？」

他仍然那樣的看著她。

「嘿，我在想什麼叫做『秀色可餐』啊！」

十一

在雙方的心裡都蘊藏著很久很久的愛意，一旦爆發開來，那種熾烈的情緒就難以想像了。林漢傑和菁菁就是這樣的，他們投入了愛之河，情之網，他們似乎除了對方，什麼都不復存在了。

他有了像她這樣的一位愛人，他心滿意足了。

她有了像他這樣的一位愛人，她也心滿意足了。

大地萬物，在自然程序中欣欣向榮的蔓延著，增長著。於是，這個世界被繽紛了，美化了。藍的天，白的雲，紅的花，綠的樹；微笑在花的瓣上樹的枝上漾著；雲兒忙著担水來滋潤那花那樹。任何一位畫家的彩筆下，也無法描摹出這幅生動的景象！

被人歌頌為最美最美的愛情，也在彼此的心田上蔓延著，增長著。於是，這人生被美化了，繽紛了。這裡那裡，雙雙對對，他（她）們手挽著手，肩併著肩，在花之前，月之下。……

人世間，如果除了愛與被愛，還有什麼更有意義的麼？

愛情跟創作一樣，不僅沒有一定的格局可循，即使最基本的法則也沒有。奇峯突出者有之，樸實無華者亦有之。換句話說，世上沒有兩篇相同的創作，也沒有兩對相同的愛情。但有一點是相同的，也可以肯定的，那就是在戀愛之中，無論什麼形式，無論什麼格局，每一天都是情感上春暖花開的日子。

這天林漢傑和菁菁玩了一下午，回到菁菁的住所之後，他在一隻沙發裡坐下，那樣體貼入微的問道：

「今天夠累了吧？」

「不累，一點也不累。」她說：「以往，我一直沒有發現世界是這般美好，這般可愛。也許就是為此，雖然跑了一下午，一點也不感到累。」

「世界本來就是美好可愛的；青山綠水，鳥語花香，」他說：「本來我就覺得這個世界是美好的，從此以後，我將覺得這個世界更加美好了。因為有妳、有我。」

「以往你若跟我說這些話，我可能不懂，現在我懂了。」

他把身子坐得舒適些，右腿擱在左腿上。

「我看妳還是搬回家比較好些。」

菁菁在他的身旁坐下，從皮包裡拿出一包在街上剛買的牛肉乾，撕了一塊送進林漢傑的嘴裡，又撕了一塊自己一面嚼著一面說：

「我的家庭情形不是跟你說過多少次了嗎？我怎樣也不會回去的。」

他跟她坐近了些，握著她的手說：

「妳應該試著容忍；容忍是消除一切癥結的最好法寶。所謂『柔能克剛』，就是這個道理。」

「我跟你說過，我幾乎一直都是在容忍中生活著的。你懷疑嗎？」

他拍著握在他手中的手，委婉的說：

「在我的人生字典中，是沒有『懷疑』這兩個字眼的。我的意思是，不妨再試試，『真』與『誠』是一切誤會或偏見的最大剋星。」

「多試一次，就多嚐一次失敗的滋味，」她把被握著的手抽了回來：「容忍並不是萬靈丹，對某些人來說，是不會得到絲毫效果的，正如某些人的腸胃不能容納某種特效藥一樣。」

「妳們之間似乎有了死結，要打開需要點時間。」他說：「妳知道耶穌最令人敬佩的是什麼？」

「因為祂愛世人。」

「還有呢？」

她搖搖頭：「不知道。」

「祂的容忍工夫也是不尋常的。」他說：「祂被釘在十字架上時，還在為釘祂的人祈禱哩——『主啊！請原諒他吧！因為他不知道自己在做些什麼』。」

「我不是耶穌。我只不過是個平凡的人。」她又撕了塊牛肉乾送進嘴裡：「你以為一個人可以成為耶穌那樣嗎？」

「也許不可能，但至少可以接近一點。聖靈最崇高的證明就是愛，愛是一種永恒的東西，也是人類在世上唯一能具備的真正不朽的東西。人生的最大目標，就是在於自永恒一面看萬物。……」

「好了好了！這兒不是教堂。」她不耐的打斷了他的話：「勸人總是容易的，假如我站在你的立場，也不會比你差到那兒去，照樣說得頭頭是道，順理成章。」她剛站起又坐下來：「今天是星期幾？」

「前天是星期。」他說：「妳問這個幹嘛？」

「下個星期天我們去郊遊好不好？」

「什麼地方？」

「你說呢？」

「野柳，野柳怎樣？」

她向他淘氣的眨眨眼睛。

「不好。」

他想了想。

「陽明山如何？」

「現在不是看櫻花的季節。」

「碧潭。」他說：「妳不是喜歡釣魚的嗎？我們到碧潭去划船好不好？」

她高興的拍著手，像個國小的女生那樣的振奮起來。

「好，好極啦！」

「唷！快十一點了。」他看看手錶，站了起來：「我該回去了。」

她也站了起來。

「我送你。」

「還跟前晚一樣——妳把我送到門口，我再把妳送回來？」

「今天只送一半，以後都如此」她拉著他的手說：「好不好？」。

他的頭直搖。

「不好。」

她跟他挨近了些，扳著他的肩膀拐子，撒嬌的說：

「為什麼嘛？」

他撫摸著她的手，情深款款地說：

「因為妳一個人回來我不放心。」

她的頭一歪，眉一皺，好像遇到了難題的小學生。

「那怎辦？」

「涼拌。」他跟她扮了個鬼臉：「這樣好了。」他在她的左頰上吻了一下：「算是我送妳。」

「算是妳送我。」又在她的右頰上吻了一下：

「壞死了！壞死了！」她打他。

他逃開了，一面逃！一面說：

「再見！再見！」

十二

人的思想真是微妙極了，有時你說到口焦舌爛，也無法使一個人的思想稍稍有所轉變，但有時由於一些說不出的感受，卻能使人把整個的人生觀改變過來。黃老先生出院後，首先對商業上的盈虧不再那麼斤斤計較了，繼則捐了二十萬元給慈善機構。就是個最好的例證。

「雖然說是世風日下，還是古道不衰，好人比壞人多，如果我和小王不是遇到好人的救助，說不定早就一命嗚呼了！」黃老先生感慨的說。

「這個社會就是這樣組成的——有好人，也有壞人，以及更多不好不壞的人。」黃太太說：「因此，我們不能因為見到一個好人，就把所有的人都當著好人看。」

「太太，妳的觀念有點偏差。」

「我雖然不能說自己怎樣怎樣但至少不能列為壞人。」她舉了個例子：「比方說，你一下子捐了二十萬，我連眉毛也沒皺過一下呀。」

「可是，可是——」

「可是怎樣？」

「菁菁是個好孩子，你怎麼那樣的不能容她呢？」

一提到菁菁，她的心裡就像受了莫大的委屈。是的，她不否認菁菁是個好孩子，但是只要一見到她，就妒嫉她分去了丈夫太多的愛，以及想到丈夫曾經對她的母親所付出的感情，這簡直是她惟一無法容忍的。因此，她冰冰冷冷地說：

「兩條腿長在她自己的身上，我又不能把她扣住。」

「還有張媽呢？」

提到張媽，她越發火冒三尺了，她表面上一向是依著自己，順著自己，到後來才知道她竟「老奸巨滑」的幫助菁菁！那不等於是跟自己作對？但她並沒有把這種火爆發出來，耐著性子說：

「那也不能怨我，我自問沒有虧待過她，是她自己有了高就，非要辭去不可的。」

他唏吁著。

「人總是人，不是一張花花綠綠的美金，哪能叫誰看了都順心如意？」

她橫了他一眼。

「我也沒有誰把人看成一堆臭狗屎呀。」

他站了起來，在室內踱了兩圈，舒展一下筋骨，重新坐下。

「為了找菁菁，我已費了不少精力，但我擔心的不是能否找到，而是找到之後，這個家能否容納下她。」

「罵人的法子很多，你別老是這樣刺我好不好？」她的火氣上來了，說出的話兒也滿帶著火藥味：「如果你嫌我礙眼，不妨直說出來，我就是餓死了，也不會死皮賴臉的賴著你的。」

「我只是勸勸妳，何必發那大的火？」他說：「自從出院之後，我想了很多很多：人活著，有許多東西，是金錢買不到的。」

房子裡忽然暗了下來，天空一片浮雲正好把太陽遮住了。

「你想說什麼儘管說好了，不必那樣轉彎抹角的。」

我想不起是誰說過這樣的話：『人能夠幫助人，就是上帝』。

「請你把話說明白點，我這個人很笨，不是直來直往的話我聽不懂。」

「菁菁縱然有什麼不好，如果妳能用愛心來撫慰她，關注她，我想她一定會尊敬妳，孝順妳的。」

「她經常存心損我、嘔我，不只一次了。」

「妳應該同情她，愛她。」他委婉地說：「如果每個人都能生活在愛裡，不論窮富，都是有福了。」

她的一顆心像是一架靈敏的震儀，即使一根鴻毛落在上面，也會使指針動盪不已，何況這些話的本身是有刺有骨的呢？在一陣強烈的震撼中，她的思緒飛馳奔騰，往事像失散的珠子，一粒粒又串連起來了——

「舒萍！答應了吧，妳爸的工廠倒閉了，我們需要錢用，看在妳爸的份上。不然他就要坐牢了。」

「沒有愛的人生，我會幸福麼？」

「黃克成是個好人，他很愛妳，被愛的人是幸福的。」

「媽！妳不用說了，」她嗚咽著：「我答應就是了。」

她就是這樣嫁過來的，一結婚就有了個讀初中的女兒，光憑這一點，就使人不知有多難堪，有多委屈，尤其是菁菁那一雙充滿了藐視與敵意的目光，更加叫人難受。自己也試著容忍，菁菁的態度也確有改善，卻沒有收到預期的效果。她始終忘不了那次黃克成叫菁菁喊她一聲「媽媽」，她卻大聲大嚷的叫著：

「我媽媽早就死了，我沒有媽媽！」

她少女時所夢想著追求的真、善、美離她似乎越來越遠了，像是課本上的歷史那樣的迢迢遙遙，現實不能和理想連繫。她迷失徬徨，日子久了，在既無力也無意反抗之下，終於把自己投入「雀戰」，藉此逃避一切。殘缺的心靈，揹負著傷痕纍纍的記憶，以及自卑感與自尊心作祟，造成對一切不滿的麻木。這一切表現在菁菁的身上最顯著，也最具體，她似乎把菁菁列為對一切報復的唯一目標了，雖然連她自己也不清楚何以如此的所以然。……

黃老先生用手敲敲桌子，說：

「嗨，妳在想些什麼？我跟妳說話妳聽到了沒有？」

「聽到了，我沒有那種德性，也沒有那份能耐。」她氣憤地說：「無論是誰，人家敬我一尺，我就敬他一丈，好的如此，壞的也是照樣！」

「以我們的家庭來說，需要的不是金錢，而是愛心。」他說：「妳應該試著朝那個方向努力，妳就會看到人生美好的一面了。」

「我試過，我雖然很笨，但我從不作同樣的失敗。」

「也許還不夠，妳不妨再試試，全心全意的試試。」他停了停：「人與人相處，就像對著面鏡子一樣，妳對它笑，它也對妳笑：妳對它怒，它也就對妳怒，這是一點假也摻不了的。」

「你我都不是那種織夢的年齡了，你這一套大道理我也聽煩了，聽膩了！難怪有人說年頭變啦，以往的孝子，是做子女的講究如何孝順父母；現在好，是做父母的怎樣來『孝』順『子』女了！」她說：「要不是聽說菁菁在羅斯福路出現過，你就趕緊冒著風雨去那兒趙先生家打聽，也不致於發生車禍了。」

「父慈子孝，這是人之倫理，還能算計什麼利害得失麼？」

「你再這樣嘮叨個沒完，看樣子，下一個離開這個家的就該輪到我了。」她憤然地站了起來。

「好了好了，不談這些。」他抱著息事寧人的態度：「近些日來，我為了尋找菁菁，以及那位好心人的下落，一無所獲，真是悶的心慌。明天是星期天，我們去郊遊怎樣？也好散散心。」

「我贊成！」小明從外面回來，一聽說要去郊遊，高興的一下跳了起來。

「只要你樂意，我是沒有理由反對的。」她終又坐了下來。

「那妳關照小王一聲，明天帶幾份野餐。」

「你打算到什麼地方？」

「指南宮怎樣？」

「不好。」

「為什麼？」

「你的身體剛剛好，不宜爬山。」

「對了，夫人之見有理。」他點點頭：「那麼妳說呢？」

「到碧潭去划船，那裡好好玩喲！」小明搶先回答說。

「也好，那就決定去碧潭吧。」

十三

春天的腳步剛剛跨出，夏日的舞會已在碧波盪漾的水面上舉行了。碧潭河上，正像一般寫文章所描寫的那樣；風光明媚，景色宜人。近年來由於國民生活水準提高，大家都利用例假到郊外來享受一下新鮮空氣了。因此，這裡那裡都是來郊遊的人，有的釣魚，有的划船，有的戲水，紅男綠女們給大自然的畫面又添上了幾許生動的色彩。對岸碧綠的不算高的小山，倒映在水裡，形成一幅倒疊的圖案；湛藍的天空沒有一片雲，像是一匹抖開的寶藍色的錦緞，正好成了這幅圖案的背景。林漢傑和菁菁同乘一條小船，在這幅美得不能再美的圖案上滑行著，蕩漾著。四月初的陽光還不怎麼熾烈，卻把水面照耀的星光點點，閃亮奪目。

菁菁的頭微仰著，像是祈禱，也許在感受，或者是被眼前的景色陶醉了。她慵慵懶懶的說：

「不要划了，讓船兒隨波逐流，自由自在，不是更好麼？」

林漢傑放下槳，搓搓手說：

「魚竿只有一個，我怎麼辦？」

「涼拌呀。」她想起那天他逗她的話，現在正好用上了；「你不是說你喜歡釣魚的嗎？怎麼連付魚竿也沒有呢？」

「我喜歡釣魚？」他摸摸頭，忽然想起那一次在公園裡說過，那不過是對她的一種諷刺，一種嘲弄，但她一直沒有聽出「弦外之音」，於是連忙說：「忘記帶了，忘記帶了。」

「這樣好了，我們來比賽，每人一個小時，看誰釣的多、釣的大。」她說著就把魚竿遞給他：「啜，你先開始。」

林漢傑接過魚竿，笨手笨腳，根本就不知道怎樣上餌，怎樣把魚鈎甩出去，為了怕露出馬腳，又趕忙將魚竿送還給菁菁。不過他說的詞兒倒是很中聽的：

「妳先來，女權第一！」

「那你在旁邊等著；等我釣到像『老人與海』裡那樣大的大魚時，就用到你了。」

他打著哈哈說：

「頭髮等白了，也不會用著我了。」

涼風在水面上輕輕地拂著，他們盡情享受著大自然為他們精心設計的溫馨。他們不再用嘴巴說一些俗不可耐的話了，但也沒有閑著，他們彼此在用眼睛「談情」，用眼睛「說愛」，這種不用翻譯不用解釋的「眼語」，的確比有聲的「言語」要含蓄得多，也比有形的「手語」更具詩意了。兩個人併坐在一起，兩顆心也緊扣在一起，即使用炸彈也炸不開了。

「喲！快幫忙，快！」菁菁忽然叫了起來，一提魚竿，鈎上果然有條不到一揸長的小魚，又跳又蹦的。林漢傑幫忙取下，這下可真給菁菁說嘴了，她樂的直嚷嚷：「你看吧，你看吧，這不是用著你了嗎！」

他用手比劃著揸了揸，打趣的說：

「唷，這與『老人與海』裡那條魚的魚鱗等量齊觀。」

「你別急呀，慢慢來，我總會釣上一條大魚的。」

他打開一瓶帶來的蘋果西打，遞過去。

「吶，慰勞慰勞。」

菁菁接過還沒來及喝，就一下躍入水中。動作是那麼突然，林漢傑以為她不小心，跌了下去，一抬頭，才知道原來是附近的一條小船上的孩子跌到水裡了，她是為了救人的。說時遲那時快，他也跟著跳到水裡。不多久，他和菁菁兩人終於將那個孩子抱上岸了，幸虧發現早，動作快，那孩子除了喝兩口水，受場虛驚之外，一點關係也沒有。

孩子的父母一跨上岸，就忙不迭的跑到孩子跟前，當他們看到孩子一點傷害也沒有受到時，高興的什麼似的。

「謝謝！啊——是妳！」黃老先生將那副玳瑁眼鏡摘下又戴上，戴上又摘下，好像深怕看錯了人似的。

「爸爸！」

菁菁一把抱著父親，離家後的辛酸與重見時的溫馨，一齊湧上心頭，緊緊的糾纏著，激動得使她的眼眶和心田都潤濕了。

黃太太看到冒著生命危險救起小明的不是別人，竟是被自己視若眼中釘的菁菁，感激與羞愧在她的腦子裡翻江倒海般的撞動著。她從沒有恨過人能有像現在恨她自己這樣的十分之一。她的眼眶裡的淚水再也忍不住的湧出了，那樣激動的喚著：

「菁菁！菁菁！」

菁菁走到她跟前，在一聲「媽！」的叫喚中，以往一切不快的記憶都消逝了。她把菁菁摟著，心裡被激動和歉意充滿，但她無法把這些表達出來，只是不住的說：

「媽對不起妳，媽一直對不起妳！」

她的聲音是那樣低沉有力，那樣帶著心靈深處的摯情。菁菁被感動了，深深的感動了。她的心裡上的天地，突然間開闊了；風光旖旎，嫣紅姹紫。一團烟消雲散後的晴空萬里，一場暴風驟雨後的滿眼翠綠。她睜著一雙帶淚的眸子，清亮而動人的望著黃太太說：
「不，都是我不好。」
「這位是？」黃老先生指指林漢傑眼睛望著菁菁。
「噢，這位是林漢傑林先生。」她又分別給父親和母親介紹一下。
林漢傑向他們點點頭，禮貌的說：
「伯父、伯母好！」
「林漢傑？哦！是的是的。」黃老先生一把將林漢傑的手握緊了：「這些日子我到處打聽你，一直都打聽不到。」
「噢？」他那種出乎意料的舉動與口吻，使林漢傑怔住了。
「那位護士光是記得你的大名，卻把你的地址忘了。我又到那個派出所找那位曾經去過醫院調查的警員，真是不巧得很，那位警員剛剛退休到台東去了。」
「您是？」
「你也忘啦？我是半個月前在新生南路被你救起的那個傷患。」
「哦！」林漢傑說：「您的身體好了吧？」
「早好了，當時只是流血過多。」黃老先生說：「你是出力又出錢，連個地址也不留，害得我連道謝的地方也沒有。好人我見過不少，但是像你這樣的還不多見啊！」

司機小王一聽此言，又打拱又作揖的感謝林漢傑的救命之恩。

「那裡，應該的。」

「漢傑！你那天救起的人竟是爸爸！你怎麼不早說？」菁菁抱怨著。

林漢傑笑笑說：

「這有什麼好說的呢？同時我也不知道就是老伯。」

黃老先生說：

「你這正應上聖經上那句話了；左手行了善事，不要讓右手知道。」

林漢傑仍然笑笑。

「我沒有想得那麼多。」

「菁菁，我一回國就到處找妳，真是上帝保佑，想不到在這兒竟碰到了，而且又找到了我的救命大恩人。」黃老先生興奮地說：「今天真該好好歡聚一下了，一來慶祝我們一家人的團聚，二來感謝林先生的相救之恩。」

「不敢當，不敢當。」林漢傑有點笨嘴拙舌起來。

黃太太在旅行袋裡找出一塊毛巾，替菁菁擦水；菁菁找出一塊毛巾替小明擦水，充份顯示出一種人世間說不出的親情。在激動的歡聚中；歡樂的笑，歡樂的淚，浸蝕著每一顆歡樂的心。

黃老先生帶著微笑的目光，從菁菁的臉上拉到林漢傑的身上，又從林漢傑的身上，拉到菁菁的臉上，畫了個問號。那意思是說：「是你的『朋友』嗎？」菁菁的目光從父親的臉上，拉到林漢傑的身上，又從林漢傑的身上，拉到父親的臉上，抿一抿嘴，低下了頭。那意思像是：「還用問麼？真是的！」

黃太太向黃老先生嬌嗔的說：「你還站在這兒幹嘛，還不趕緊去買幾件依服來！」

「好的好的。」

也許是人逢喜事精神爽吧？黃老先生邁動起腳步，自己也覺得年輕了起來。

菁菁一面給小明擦水，一面跟黃太太說：

「媽！我不要緊，先給小弟擦乾。」

小明拍拍胸口。

「我也不要緊。」他搖著菁菁的手說：「姐姐，我好想好想妳喲！我們一起回家吧！」

菁菁的臉上堆滿了笑意。她說：「好的，待會兒我們一起回家。」

十四

也許由於身體還沒有十分的復原，在水裡泡了一會兒，又給風吹了一會兒，第二天，林漢傑就病了，而且一開始就來勢很兇。郝鳴誠把他送進一家惠民醫院的急診室，而他自己又有點事急待處理，顧了這頭，就顧不了那頭，正急得什麼似的，忽然想起了菁菁，便打了個電話給她。菁菁正在整理東西，準備搬回家去，一聽說林漢傑病了，並且送進了急診室，隨即丟下了一切，趕到惠民醫院，一見到郝鳴誠就問：

「人呢？怎麼樣啦？」

「在裡面。」郝鳴誠朝急診室噘噘嘴：「什麼病還不知道，光是叫肚子痛。」他看看錶：「麻煩妳在此地照應一下，我有點事要去處理，待會兒就來。」

「好的，你去吧。」

郝鳴誠走後，菁菁在急診室門口來回的走著，過著「讀秒」的時刻。一位大夫走出急診室，朝她看看，問道

「妳是林先生的家屬嗎？」

她想告訴他自己不是他的家屬，只是朋友，但又覺得這都不是重要的了，於是點了點頭。

大夫接著又說：

「請到這兒來一下，我有話想跟妳談談。」

她跟著大夫走進一間辦公室。

「請坐。」大夫擺一擺手。

她在一隻沙發上坐下。

「假如早點來檢查，還可以動手術切除。」大夫說：「現在因為不斷的擴展，就不是手術所能為力的了。」

有一陣沉重的陰霾，從心裡升起、覆蓋、重壓得使她喘不出氣來。

「他是——？」

「經胃鏡檢查，癌細胞已經擴散到根本無法處理的狀況。」大夫搖搖頭，無可奈何說：「也就是所謂胃癌。」

「轟然」一聲，大夫這最後幾個字雖然說的很輕很慢，但在菁菁聽來卻似響雷一般，被震撼得目瞪口呆。頃刻之間，她的思想亂得一團糟，「剪不斷，理還亂！」大概就是這個樣子。

「照病狀推斷，他的生命只有兩個月的時間。」大夫繼續說：「因此，希望妳自己必先保持冷靜，不要讓病人知道，同時在這段時間內儘可能的使他無論在精神上或者物質上過得舒適些，現在，也只能這樣了。」

大夫的話，已經對他作了無情的宣判！她心亂如麻，頭痛欲裂。在她一生當中，再也沒有什麼打擊比這種打擊更厲害的了。她茫然地抬起頭來，茫然地望著大夫，茫然地要求著：

「我求求你，大夫！我求求你救救他吧！」

「我們已經盡了最大的努力，」大夫安慰孩子似的安慰她說：「別太悲傷，人生原本就有很多痛苦，但我們一定要堅強起來，戰勝痛苦！」

菁菁懷著對死的畏懼，對生的困擾，她不知道何適何從。她的眼瞳裡不再有「春風又綠江南岸」的新姿，在春暖花開中，她還是感到好冷、好冷！

她無力的垂下了頭，好像已經耗盡了所有的精力，只感到眼前一黑，整個身子也癱瘓了，直往下滑，就彷彿大夫所宣判的不是林漢傑，而是她自己。

大夫連忙給她注射了一針鎮靜劑，半晌，她終又甦醒過來。

漢傑的生命只有兩個月了，悲痛有什麼用呢？大夫的話不錯，我應該堅強起來，在這有限的時間裡，我要使他的生命有光有熱！我有這種責任，也有這種義務。我要盡我的一切力量，使他生活得美滿些，舒適些。

菁菁的情緒稍稍穩定，她抹去臉上的淚痕，作了一個最大的決定；把一切痛苦捆紮起來，讓自己一個人來承受吧！

郝鳴誠把事情還沒有處理完畢，又匆匆地趕回醫院，見到菁菁正坐在漢傑的病床前。他問道：

「檢查過了吧？是什麼病？」

「腸炎；急性腸炎。」菁菁強忍著一腔悲痛，故作泰然的望一眼正在熟睡中的林漢傑，用食指豎在嘴的中間噓了一下，示意他說話聲音輕點：「大夫說好好休養幾天就會好的。」

「謝天謝地。」郝鳴誠壓低了嗓門：「真是吉人自有天相。」

「你不是事情很忙嗎？」

「可是我總是放不下心來。」

「你放心去吧，這兒有我呢。」她想一個人冷靜冷靜，有很多事情，她都要冷靜的思考一下。

「什麼時候可以出院？」

「護士說今天晚上就可以了。」

「妳沒有事嗎？」

還有什麼事比這個更重要的呢？漢傑的生命已如此有限，我還能不陪著他伴著他嗎？

她回答說：

「沒有。」

「那麼，這兒就完全拜託妳了。」

她笑笑；麻木的笑笑。她有一種似悲哀而又不怎麼悲哀的感覺，有一種似淒涼而又並不怎麼淒涼的感覺。

「你去吧。」

郝鳴誠臨去時，她想跟他說些什麼，然而，她又能說些什麼呢？舌頭僵硬了，連心也僵硬了。

當天晚上，林漢傑經過打針服藥，精神好得多了，自己也嚷著要出院。於是，菁菁就替他辦理好出院手續，一起高高興興地出院了。

「好久沒有動筆了，」回到寢室，林漢傑說：「從明天開始，我該繼續寫稿了。」

菁菁十分溫存的說：

「大夫說你的腸胃還未好透，血壓也太低，要好好休養一段時期，千萬不宜用腦，而且更要注意營養。」

他卻不以為然：

「大夫都是那樣喜歡『危言聳聽』，故作誇大，其實哪有那樣嚴重？」

她搖著他的手，柔情的說：

「你應該聽大夫的話，漢傑，縱然你不聽大夫的話，也該聽我的話吧？」

「當然當然，妳說吧。」

「一定麼？」

「一定。」

「第一、在兩個月之內，你不准寫稿。第二、在兩個月之內，我們完成婚禮，然後去阿里山，日月潭去渡蜜月。第三、在兩個月之內——」

「好了好了，」他笑著接了過去：「妳不要光是兩個月之內兩個月之內的好不好，就好像兩個月以後就沒有日子似的。」

她一震，隨即笑著說：

「因為你從來都不把自己的事認真的處理過，所以呀，就得我來跟你約法三章了。」

「妳以為不要一個人做他自己想做的事，或非要他做一件他不想做的事，他會愉快麼？」

「至少，以不影響身體為原則，好吧？」

「好好，從今以後，一切都聽妳的。」

他笑了，她也笑了。但是，誰能知道她一直是在「咽淚裝歡」呢！

十五

「怎樣，玩得好吧？」郝鳴誠從南部家中回來了，林漢傑說：「這次你老兄回家連頭帶尾的就是一個禮拜咧！」

「當然囉，小別勝新婚嘛。」

「難怪你就樂不思蜀了。」

「說真的，我那位太太燒出的菜，真是色、香、味俱佳。」郝鳴誠得意的兩手一攤：「吶，你看，體重增加了吧？」

「嗯，我真躭心你快成了『中廣』董事長了。」

郝鳴誠從手提包裡取出一包鹵菜，遞給林漢傑，說：

「這是我太太做的鴨肝、鴨腎和鴨翅，你嚐嚐看。」

「我這是禿子跟著月亮走——沾光啦！」他拿了一塊送進嘴裡，一面嚼著，一面讚著：「好，好！」

「她炒的菜更是一連三個土地堂——妙，妙，妙！（廟，廟，廟！）什麼時候有機會你去品嚐一下，怎樣？」

「一定。」他說：「孩子們都好吧？」

「都很好。」提到孩子，郝鳴誠就更加樂開了：「在外面不管有多煩惱，有多辛苦，跟孩子們一見面，一聲『爸爸』的叫喚，便什麼都忘得乾乾淨淨了。」自從他知道林漢傑和菁菁間的感情之後，有意無意之間，都在為這方面義務宣傳。他繼續說：「有人把『家』看成了『枷』，那是不正確的。其實呀，有了『家』之後，人生方才進入了『佳』境。那不僅是可以『枕邊細語』，至少至少，有個可以說『知心話兒』的人了。是吧？」

「有道理。」

「菁菁還是住在那兒？」郝鳴誠輕描淡寫的問。

「早就搬回家了。」林漢傑說。

「你不是說她的後母很不容她的嗎？」

「對了，我忘記跟你講了。」他把身體轉了過來：「前些日子我跟菁菁去碧潭划船，附近一條遊艇上有個孩子不小心跌落水裡了，菁菁和我迅速的把他救了起來。而這個孩子不是別人，正是菁菁後母的獨生子小明，因此，她的後母感動極了，現在對菁菁好得不得了。」

「噢？」

「為了對菁菁的感激，還特地把對菁菁感情最好而遭解僱的張媽也找了回去。」

「菁菁的父母見過你囉？他們對你的印象如何？」

「嘿，你聽我說呀，」他興高采烈地說：「真是無巧不成書，天底下竟有這等巧事，我們上個月不是救了兩個人嗎，你猜猜是誰？」

「難道其中的一位就是菁菁的父親？」

「對對，一點沒錯，另一位是他的司機小王。」他說：「所以那天在碧潭一見面，他對我的印象就好——」

「好得不得了！」郝鳴誠學著他的口吻，跟他一齊說了，像說對口相聲那樣。

他們都不約而同的笑了起來。

郝鳴誠又問：

「什麼時候請吃喜酒？」

「早的很哩。」

「這我就不懂了，所有的條件；天時、地利、人和都俱備了，還有啥好等的？」

「這叫做萬事皆備，只欠東風。」他兩手一攤：「哪來的錢？」

郝鳴誠懷疑的問：

「咦！菁菁家不是說很有錢的嗎？敢情她是支小喇叭——吹的？」

「不是不是，她家的確很有錢。」他說：「有一個工廠，還有個貿易行。」

「她父親是個吝嗇鬼？捨不得拿一點錢出來是吧？」

「也不是，他很捨得，而且要將工廠和貿易行隨便我選擇一個。」

「不是很好嗎？」郝鳴誠跳了起來：「你真是小便帶血——走紅運咧！呃，你選擇了哪個？」

「我一個也沒有選擇，我一樣也不要。」

「為什麼」他嗤之以鼻：「表示清高？」

「不是。」他把身子坐的舒適些：「因為我知道自己外行。本來他們經營的很好，一旦交給我，說不定就不是那回事了。」

「這個容易，我學的正好是工商管理，我來協助你，你就做個現成的董事長，怎樣？」郝鳴誠拿出一支香烟，恭恭敬敬地遞給林漢傑，接著把打火機打著了，恭恭敬敬地送了過去：「呶，董事長！」

「更重要的是，」他接過香烟燃上：「我不想依賴別人。」

「你已經拒絕了？」

「嗯。」他點點頭。

「菁菁的意思呢？」郝鳴誠也把香烟燃上。

「她要我選擇工廠。」

「有眼光，有道理！」他豎起大拇指說。
「可是我們為這層事有幾次險些弄翻了。」
「不是我說你，你不以為你太固執點了嗎？」
「一個人有一個人的個性，我沒有辦法改變自己。」他說：「因此，我們的感情雖然很好，他的家長對我的印象也不錯，但是目前卻沒有辦法結婚。」
「那要等到什麼時候呢？」他逼供似的問。
「我不知道，我只有一條路，加油寫稿。」
「我的老天爺！」他忽然感到頭痛似的撫著前額：「你這不是說著玩的吧？」
「你以為一定不可能的麼？」
「你這樣沒年沒月的拖下去，到了那一天你就要追悔莫及了。」
「哪一天？」
「人財兩空的一天。」
他沒有作聲。
郝鳴誠覺得他把自己牢牢的捆在一種莫須有的道德傳統裡，無疑是作繭自縛，其愚可悲，其情可憫。站在朋友的立場，他不能推掉「開導」之責，因此又說：
「作為一個現代青年的標準，不再是單單『老成持重』那個尺碼了，而是有抱負、有魄力，能夠創出一番事業來的！」

他仍然沒有作聲，郝鳴誠再繼續著：

「接受別人的幫助，沒有人會笑你骨頭輕；拒絕別人的幫助，也沒有人會說你有斤兩。再說，人家是出於一番誠意，而況且，你們結了婚之後，也不能算是外人啦，你又何必非要怎樣怎樣呢？就拿寫作來說吧，除了一項既不能禦寒又不能充飢的『作家』頭銜之外，別的還有什麼？寫了十年的作家，也抵不上一個黃毛丫頭的歌星；只要會幾首流行歌曲，一個月就有上萬元的收入。你難道沒有想過？」

「有很多事都是不能比的，記得一位盲女作家愛倫凱勒說過這樣的話：『我曾經為了沒有一雙新鞋而苦惱，但後來我發現有些人竟連腳也沒有』。」他的口氣和他的態度一樣的嚴肅：「我說過，我無法改變自己。」

「我說呀，你這好有一比。」

「怎講？」

「茅廁裡的石頭——又臭又硬！」他們正談著，外面傳來郵差的一聲吆喝：

「掛號信，蓋章！」

「誰的？」郝鳴誠高聲問。

「林先生的。」

「可能是菁菁的情書，」郝鳴誠說：「女人家心細，深怕遺失了。」

「好，就來。」林漢傑在屜子裡找出私章，走了出去。
待他回來時，郝鳴誠問道：
「我猜的不錯吧？」
林漢傑打開信封一看，就孩子似的跳了起來。
「錄用了，我的那個劇本被錄用了！」他揚一揚手裡的匯票：「兩萬塊！」
「我看看。」郝鳴誠也跟著高興起來，一伸手就把信和匯票拿了過去。
林漢傑穿上上衣，對著鏡子梳頭，嘴裡吹著口哨——他一高興就是這種樣子。
「準備哪去？」郝鳴誠將信和匯票遞還給他。
「去告訴菁菁。」
「呃，慢著慢著。」他把林漢傑按到椅子上：「你先坐下，別急，談戀愛又不是救火！」
「什麼事嘛？」彷彿屁股上有了彈簧，郝鳴誠剛一鬆手，他又彈了起來。
「怎麼，兩萬塊也不請客，就這樣拍拍屁股走吶？」
「請，一定請！」他拍拍胸口說：「今天晚上的酒、菜任你點，本人負責。怎樣？」
「這還差不多。」
「再見再見！」他跟他擺擺手，就真的像趕著救火那樣，一溜烟的跑了出去。

林漢傑的確是得意極了，怎能不得意呢？自己的作品即將被搬上銀幕了，還有什麼比這層事兒更令人心花怒放的嗎？還有，菁菁又是那樣一往情深的愛著自己，正在為著沒有結婚費用發愁，如今有了兩萬塊錢，什麼問題都迎刃而解了。他心裡在想：當菁菁知道了我的劇本被錄用了，馬上就要搬上銀幕了，而且又寄來了兩萬塊錢的稿酬，她會高興成什麼樣子？

他又想到衡陽街手飾店玻璃櫃裡的那條金光閃耀的項鍊，配在菁菁的頸上，不知有多高貴，有多氣派。自己很早就想給她買了下來，可是標價高得使他不敢問津；五千六百塊不是一筆小數字。還有一家委託行裡穿在木偶身上的那件白底藍條紋的洋裝，正是現下流行的款式。……

「買下來吧！」彷彿菁菁就在身旁，待他發覺自己神經質的自言自語時，不禁失笑起來。

跟著口哨的節奏，他走著跳著，瘋瘋癲癲的，歪歪斜斜的，醉醉醺醺的，就像報章雜誌上刊載的那些嬉皮青年男女吃了「迷幻藥」（ＬＳＤ）一樣。那種怪異的動作，有時把路人引得「目迎目送」，但他自己一點也不覺得，一點也不在乎。甚至連目前的事實也分不清是真是假，是夢是幻了。他不時的摸摸口袋，那口袋裡裝的不再僅僅是張匯票，而是項鍊、洋裝，以及濃得化不開的情意，這些那些，比一個工廠，一個貿易行要珍貴多了。

到了菁菁家裡，除了張媽之外，一個人都沒有。

「黃伯伯和黃伯母呢？」他不好意思一開口先問菁菁，年輕人大都是這樣的，臉嫩。

「他們帶著小明去一位朋友家吃喜酒了。」張媽說。

「菁菁也去了嗎？」

「沒有。」她說：「剛剛她站在門口，有三個人從這裡經過，跟她講了幾句什麼，就一起乘部計程車去了。」

「是怎樣的人？」

「有一個滿臉落腮鬍子，」她想了想：「一個戴黑眼鏡，還有一個瘦瘦高高的。」

「一定是他們，」他自語著：「一定是他們。」

「誰？」

他沒有理會張媽的問話，匆匆忙忙地撥了個電話號碼，拿起聽筒：「喂！鳴誠嗎？……我有點事請你馬上來一下……馬上就來，愈快愈好……見面再說……我是在松江路二段××號菁菁的家裡。快，快！」

張媽忙著去整理這樣那樣去了。林漢傑在客廳裡呆了一陣子，走到大門口，不住的看手錶，好像一個初中學生，家長剛剛給他買了隻新手錶似的。

不多久，來了部計程車，他迎了過去，果然是郝鳴誠。
「嘿！」郝鳴誠一見面就嚷著說：「酒和菜都準備好啦？」
「不是不是。」
他的眉頭一皺。
「那找我幹啥？」
「菁菁被那一夥歹徒綁架去了。」
「你怎麼知道的？」
「她家的張媽告訴我的。」
「她的父母打算怎辦？」
「他們出去應酬去了，不在家，還不知道呢。」
「原來不是請客！」他聳聳肩，嘴唇一彎歪：「對不起，我另外還有點事，晚上見。」
他一把抓住了轉身欲走的郝鳴誠，急的像是新生大樓失火時正在四樓上萬國舞廳裡跳舞的那班舞客一樣。
「我找你來，就是請你想想法子的呀！」
「別急嘛，」他不緊不忙的說：「待他們自我反省之後，一定會將人送回來的。」
「他們會嗎？」

「至少應該給他們這樣的一個機會——記得這話是你自己說過的，是吧？」

「人家急都急死了，你還在尋開心呢！」他搖著他的手，跺著腳說：「你得趕緊替我拿個主意啊！」

「主意嘛，倒有一個，不過你不會贊成，所以我也就懶得說了。」

他催促著：

「你說說看！」

「說了也是嘴上抹石灰，等於白說，那又何必呢？」他存心在逗人。

「你說說看嘛！」

「你會聽我的嗎？」

「只要說得對，有道理，絕對聽你的。」

郝鳴誠斷然說：

「報案，到警局去報案！」

他遲疑起來。

「這——」

「我早就說過，假如人人都會自覺悔改，也就用不著司法機關和警察嘍！」

他仍然遲疑著。

「這——」

「怎麼，我錯啦？」他一擺手：「那我就無能為力了。再見！」
「好，好！你對，你對！」他連忙說：「這一次完完全全聽你的！」
「不會再叫我做蘿蔔了吧？」
「一定。」
「那現在就走！你知道他們的住址嗎？」
「好。」林漢傑說：「菁菁曾經跟我說過。」

十六

老大、黑馬、小黃、騾子和小秦正在忙著。

「宰了沒有？」老大問小秦說。

「用說！」小秦晃晃拎在手裡帶著鮮血的刀：「你瞧瞧。」

「裡面整理一下，快！」

「得——令！」他拉了個架勢，接著鑼鼓傢伙也來了：「匡雷得匡，匡……」

「不准動！」兩位警員出其不意的出現了，拿出手槍，大喝一聲。後面跟著的是林漢傑和郝鳴誠。

所有的人都莫名其妙的呆住了。

「請問什麼事？」老大問。

「身份證拿出來看看！」胖子警員命令著。

老大拿出身份證，胖子警員看了一眼，一揮手：「站到這邊來！」

然後，由那位細高條兒警員逐一檢查身份證，並且命令他們排在一邊站好。

「什麼事呀？」騾子問。

「走！統統到警察局去！」胖子警員說。
「你們總得說個清楚啊！」老大說。
「我問你們，」郝鳴誠橫跨一步：「菁菁被你們弄到哪兒去了？」
「我在這兒呀。」正好，菁菁從外面回來了。
林漢傑連忙拉住菁菁，不停的問：
「菁菁！妳受驚了吧！妳受驚了吧？」
她眨了眨眼睛，皺了皺眉頭。
「受驚？沒有呀。」
細高條兒警員不解的問：
「妳不是被他們綁架來的嗎？」
她的眉頭仍然皺著。
「沒有呀。」
胖子警員把手槍插進了槍套。
「你們在演的什麼把戲啊？妳說說看！」
「以往他們——也包括了我，原都是一夥以騙人為生的。」菁菁說：「以後他們又因行騙被帶至警局，要林先生去作證，結果被騙、挨打的林先生卻沒有承認自己受騙、挨打，老大還以為林先生懦弱，不敢惹火上身。以後聽我說林先生一直都在默默地行人道、說好事、做好人，他的真誠，他的表裡如一，終於感動了天地，把他們從泥沼中救了出來。」

「林先生的作為誘導人心，也是一種對我國文化的珍視與護持，更是中華千年萬載涓滴化育的疊積與傳承。在我們的心目中，林先生就是慈悲的化身，就是菩薩的轉世。」老大說：「如果我們再不改頭換面，從『心』做人，就死無葬身之地！」這是他一生中第一次發的重誓。

「老大所以準備了一點酒菜要我去請林先生，一來表示感激之意，二來也自己慶祝一番。」菁菁說：「我打了幾次電話都沒有人接，於是我就自己去了，現在我是從林先生那兒剛回來，想不到你們——」

林漢傑連忙向那位警員道歉的說：

「對不起，這是一場誤會，這完全是一場誤會。」

「好，但望是這樣的一場誤會。」胖子警員向周圍的人說。

「酒菜都準備好了，如果二位不嫌棄的話，請在此地喝兩盅怎麼樣？」老大誠誠懇懇的說。

「不用了，我們還有點事。」另一位細高條兒警員說：「謝謝！」

林漢傑還是一疊聲的說：

「真對不起，真對不起！」

警員走後，小秦跑到林漢傑跟前，帶著自責的口吻說：
「林先生，真對不起您，老實說，我一直是以為您是位普通的君子，直到那天您和菁菁小姐奮不顧身的救起了小明，那一幕我親眼看到了，這下我才真正感到您偉大得令人五體投地！」
「那天你也在碧潭？」
他點點頭。
「嗯，因為人多，你們沒有看到我。」
「林先生，咱跟您站在一起，塊頭嘛，比您還高些，可是總覺得自己矮了半截似的。」老大說：「要不是您伸手拉了一把，我們真是掉到深淵裡還不自覺啦！」
「我長了這把年紀，到今天才算是瞭解一件事；生活的意義並不是坐享其成。汗是鹹的，血是紅的，只有用血汗奮鬥出來的人生，才是徹底的，真正的人生！」
騾子也走出來，期期艾艾的說：「呃，林先生，您一定是瞧不起我們吧？」
林漢傑看到他們發自內心的悔悟，好像一位牧師看到一個罪人得救似的，高興地說：
「不，各位能夠深明大義，棄暗投明，這是件非常可喜的事。佛家有所謂『放下屠刀，立地成佛』。各位從此以後，都是國家有用之才，我高興還來不及啦。」

「老大今天特地自己做了一桌菜，林先生是我們的大恩人，也是我們今天的主賓，裡面請坐！」黑馬又向郝鳴誠點點頭，拍拍腦袋，說：「這位是？我覺得很面熟，怎麼一下想不起在哪兒見過吶？」

郝鳴誠紅著臉，尷尬地說：

「我，我。」

「我的同事，」林漢傑接了過去：「我的好朋友——郝先生。」

「郝先生裡面坐，裡面坐！」黑馬忙著敬煙。

「我不能到裡面坐了，」郝鳴誠輕聲輕語的跟林漢傑說：「我的屁股上長了個坐板瘡。」

「我知道，」林漢傑一把將他抓住，也同樣輕聲輕語的說：「這種瘡呀，我知道有個方子。」

「什麼方子？」

「只要三杯酒，包好！」

「漢傑，」他說：「現在我承認我說得過你，但我也承認我輸了。」

林漢傑把郝鳴誠拉到自己旁邊坐了下來，跟大夥兒說：

「按理，今天應該由我來作東，向各位祝賀一番才是道理，想不到竟來叨擾各位了。」

「改天吧，改天不但要您作東，而且要您和菁菁小姐聯合起來作東。因為使我們走上新生之路的，是你們『聯合』起來的成績啊。」老大面向大夥兒又說：「你們說好不好？」

大夥兒齊聲嚷嚷著：

「好！要他們『聯合』起來作東！」

頓時，菁菁的臉上飛來了兩片紅霞，嬌艷極了，像是一朵飽沾晨露的玫瑰。她又嬌又羞地說：

「不來了，你們儘在拿人開心！」

「好好，不說不說。」老大站了起來：「我們全體敬林先生一杯，謝謝林先生！」

大夥兒也跟著站起，一飲而盡

「謝謝各位！」從來滴酒不染的林漢傑，也亮了亮杯底。

黑馬皺著鼻子說：

「咦！你們嗅嗅看，哪兒來的？有一股從來沒有過的香味。」

菁菁指指花瓶裡的一束鮮花，說：

「吶，這個，是我剛買來的。花的芬芳。」

「還有這個——酒的芬芳。」郝鳴誠也湊趣的說，一面端起杯子，呡了一口。

「還有。」林漢傑說。

「還有什麼？」菁菁問。

「人性的芬芳。」

「假如我猜得不錯的話，林先生大概是位詩人吧？」老大思索著說。

菁菁馬上接了過去：

「林先生是不是位詩人我不知道，但卻是位劇作家，寫過很多劇本。」

「其實我既不是詩人，也不是什麼劇作家，只不過有時候喜歡寫寫塗塗罷了，離詩人或劇作家的頭銜還遠得很哩。」

菁菁繼續說：

「我向各位報告一個好消息：林先主打算把我們的這個故事寫出來，搬上銀幕。」

「那不成。」黑馬首先就提出了反對意見：「假如把我們這段見不得人的『歷史』搬上銀幕，公諸於世，不是等於不打自招，給警察們提供一套完整的資料？那，我們以後不是隨時隨地都有被抓的危險？」

「不會的，劇本雖然是取材於現實，但並不就是現實的翻版，否則，那就成了社會新聞了。」林漢傑說：「同時政府不但鼓勵人改邪歸正，而且還幫助人改邪歸正哩。法律所制裁的對象，只是那些極少數執迷不悟的人而已。菁菁替我把劇名都想好了：《春釀》。」

「的確太好了，也太美了！」

林漢傑說：「甘醇、甜美，在齒舌之間生津、漫漾、放縱、醉人！」

小秦說：

「將來上演的時候，別忘了告訴我們，也好讓我們去欣賞一下我們自己的『英雄本色』啊！」

「還有，」騾子說：「務必請林先生手下留情，不要把咱們寫得太那個了，不好意思喲！」

「這倒不必。」老大說：「把咱們寫的再壞，那是以往的咱們，跟現在的咱們無關。呃，林先生，您說對不對呀？」

「對，對極了！」

郝鳴誠說：

「我也報告各位一個好消息。」

菁菁把剛伸出來的筷子停了下來，問道：

「什麼好消息？」

「林先生一部叫《沉淪》的劇本已經被一家電影公司採用了，版權是兩萬塊。

現在，他就準備拿這筆錢與菁菁小姐『聯合』起來請我們呷酒啦！」

大夥兒舉起杯子，齊聲說：

「恭喜恭喜！乾杯！」

「現在我有了個新的認識，」小秦說：「凡是希望不正當的收穫，那就是大禍臨頭的開始。」

十七

佳期近了，再有三天就到了。林漢傑和郝鳴誠正在研究婚禮的一切。老大、黑馬、騾子和小秦來了，帶來了一架二十一寸的彩色電視機，招呼著工人放置妥當後，黑馬說：

「林先生，這是我們送的一份賀禮，象徵著您的前程似錦，繽紛燦爛。」

「這怎麼可以？」林漢傑著急起來了：「這樣大的破費怎麼可以？」

「不瞞您說，」老大說：「我們正在商量著送件什麼禮物時——是既經濟又有紀念價值的，給菁菁小姐知道了，她就買了這麼一架電視機非要我們出面送不可。哈……。」

「菁菁小姐想的太周到了，」小秦幽默的說：「她怕我們送不起禮，就不好意來吃喜酒了。其實呀，照吃不誤！」

「請坐請坐！」林漢傑忙著拿煙倒茶。

「到時還要請各位幫忙啊。」郝鳴誠說。

「儘管吩咐好啦。」黑馬說：「自己人還用著客氣麼？」

他們走後不久，又聽到那位郵差的大嗓門兒了：

「林先生的掛號信——蓋章！」

林漢傑回來時拆開信封一看，就楞住了。

「怎麼回事？」郝鳴誠問。

他的眉頭皺了一大把。

「這就奇怪了。」

「什麼事嘛？」

「仍然是那家電影公司的，而且又附了一張兩萬元的匯票。」他把信和匯票在手裡抖著，抖得唰唰響。

「信上怎說？」

「跟上一次的大同小異——說我那個劇本被錄用了。」

林漢傑又把上次寄來的信封和信找了出來，一比照，信封和信紙都不一樣，而且那家電影公司用的戳子也不同。

「不可能是寄重了。」郝鳴誠說：「其中一定有一份是假的。」

「你是說——」

郝鳴誠的眼睛珠子轉了轉。

「前次一定是菁菁寄的。」

「一點不錯，」林漢傑的心裡有一種被戲弄的感覺，好像不知受了多大的侮辱似的：「我找她問問去！」

「你先別激動，」郝鳴誠把他按了下來：「假如是她寄的，也是出於一番好意，真是用心良苦，你又何必怒髮衝冠的去找她理論呢？再說她今晚也會來的，到時候，你再問個清楚不好麼？」

經郝鳴誠這樣一說，他的情緒穩定下來，也覺得不無道理。

郝鳴誠接著又說：

「你現在去看看新房佈置好了沒有，我也得去看看樂隊。」

「也好。」

郝鳴誠實際上並沒有去看樂隊——那早就訂好了，而是去看菁菁。他瞭解林漢傑的脾氣，他必須先去問問菁菁，如果真是她寄的，須事前就得商議一下說詞，免得到時為了這件事兒弄得不愉快。

他用電話把菁菁約到朝陽咖啡館，坐下之後就問：

「上次寄給漢傑的兩萬塊錢妳知道是誰麼？」

「你怎麼忽然想起問這件事呢？」菁菁說。

「現在鬧出雙包案了——那家公司今天也寄來了兩萬塊錢？」

「是我寄的，我沒有想到那家公司一定會錄用，也沒有想到這麼快的寄來。」

「假如不被錄用，就會退稿，否則，遲早總會寄來的，這怎能瞞得過去呢？」

「他如果沒有這筆稿費，一時就不能結婚，而事實上，我們又勢必非結婚不可了。」

「這我就不懂了。」郝鳴誠下意識的朝她的肚子瞄了一眼。心想：難不成是奉了「兒女之命」？

「因為，因為——」

從她那種吞吞吐吐欲言又止的神情上，他更加以為是那麼回事了。其實這在現在的一般青年男女來說，已經平常得不算回事了。他笑笑說：

「這也算不了什麼。」

真是出乎郝鳴誠的意料之外，菁菁竟然哭了起來，而且好像在心裡不知憋了多久似的。她哽咽的說：

「你不知道，你不知道。」

郝鳴誠傻眼了，也感到事態並非如他所想像的那樣簡單了，但他又實在想不出什麼事會這般嚴重。他說：

「怎麼回事？」

她抹去臉上的淚痕，帶點自責的說：

「我不該這樣脆弱，我應該堅強起來的！」

「究竟是怎麼回事？」

「不談這些，」她說：「漢傑為這件事兒生氣嗎？走，我們去看看他。見了面之後，讓他罵一頓，出出氣，也許心裡就會舒適些了。」

「漢傑的脾氣已經夠那個了，妳不能再這樣子寵他啦。」

「順著他一點吧，他的生命——」

「妳說什麼？」

「噢，沒什麼，沒什麼。」

「菁菁！漢傑跟我像兄弟一樣，有關於他的一切，我覺得妳不該瞞我。」

她的眼睛裡裝滿了淚，裝滿了哀怨，也裝滿了淒愴。她的心情，從來沒有這麼紛亂過，也從來沒有這麼脆弱過。過去的一切，都像浸沉在夢裡，全是真實的，又全不像是真實的。她忍著不讓淚溢出來，然而，眶子裡的淚終於溢出來了。

郝鳴誠越發覺得莫名其妙了，他催促著說：

「妳不拿我當妳的朋友麼？妳以為有什麼事一定要瞞著我麼？菁菁，快告訴我吧！」

「他的生命——只有——幾天了！」

他明明是聽清楚了，卻疑心是自己聽錯了，一疊聲問道：

「妳說什麼？妳說什麼？」

「他患了胃癌，」她的聲音嘶啞了：「那次在醫院裡檢查，大夫說他的生命只有兩個月了！」

當郝鳴誠聽到這個消息時，一如菁菁聽到大夫說出這個消息時一樣，頃刻之間，他全身每一個細胞，每一根神經，每一條血管都要爆裂了。他與漢傑之間，縱然曾有瑜亮情結，也十分感嘆，以往一切風流餘韻，均成絕響矣！

他們久久都沒說一句話，當悲哀如此之深，言語似乎已變得毫無意義了。很久很久以後，郝鳴誠又問：

「那妳還為什麼忙著跟他結婚呢？」

「我們有過相愛的日子，雖然僅是幾個月，那與幾十年或者幾百年有什麼分別呢？『時間』並不是一切的主宰，計算時間也不一定就是日曆或者時鐘。」她疲乏的靠在椅子裡。顯得那麼憔悴，那麼消瘦。

從她的言談與眼神中，可以一目瞭然的看出她對漢傑是多麼深情。這使郝鳴誠深為感動，是的，當他了解他們刻骨銘心的相愛時，他是極力主張他們結合的。而現在，他又不得不極力反對他們結合了。這兩種心情的來臨都是那樣驟然，驟然得沒有一點緩衝的餘地。他說：

「菁菁！妳沒有想一想這樣做了，妳能得到些什麼？妳又能給他些什麼？」

她那樣嚴肅的望著他，帶點嘲弄的意味說：「郝先生，這似乎不像你以往的口吻了。」

「因為我不是生活在幻想裡的人，我以為一個人應該理智與情感並重。」他執意的說：「菁菁！妳現在年紀還輕，正是情感重於理智的時期。因此！我不能不提醒妳？漢傑的遭遇是值得同情的，我們可以用任何的方式來彌補，但決不能以自己一生的幸福孤注一擲。如果妳現在不面對現實，完全以感情用事，菁菁，將來妳就要用一生的時間來後悔了！」

「這是我自己心甘情願的，永遠也不會後悔的。」她說得那麼堅決，那麼肯定。

他楞住了。

「起初，我把愛情當作幻想、自私和佔有。」她繼續說：「繼而認為愛是思想和人格的結合，是一種超然的精神生活。」

「現在呢？」

「我與漢傑交往以後，得到更多生命的啟示，也才瞭解以往那些觀念錯了，所謂真正的愛，不是美的欣賞，不是生命的享受，更不是代價的得失或對象的佔有，而是無限的給予，無止境的奉獻。」她特別強調：「愛是沒有什麼單方和雙方之分，像陽光一樣，要投射出去。愛情的可貴，不是結果怎樣，而是它的『過程』。」

匯集的雲層終於成了一陣驟雨，雨點擂打著屋頂，擂打著人心。這突然而來的驟雨，使人原就沉悶的心情越發煩躁起來。難道人生的際遇也像天氣這樣善變麼？變得令人難以捉摸，變得令人措手不及。

他曾見到過許多女孩子被愛情纏昏了頭，往往不顧一切的作出最傻最傻的決定，但卻沒有一個曾如此令他有這種淒楚的感觸。他彷彿看到一隻受了傷的小綿羊，正吃力的向虎穴裡跑去。他能袖手旁觀麼？因此他說：

「漢傑一生中最反對的就是自私自利，妳是知道的，妳想想看，如果他知道了這些，這在他來說，不是連死也不能瞑目了麼？」

「這就是我不能對任何人說的原因了，希望你能保密。」

「你是不是電視劇看多了，不要把那些愛情故事當作聖經，不要妄想追求什麼真善美，不要活在自己編織的夢裡。這些那些，畢竟太抽象，太迷濛了。菁菁，妳現在也許不會瞭解，等妳到了我這種年齡，妳就會知道我的話沒有錯了。妳一定要想一想，不要遺憾終生。」

「我知道，我現在也知道你的話沒有錯。」她說：「我覺得我一生中做了件最有義意的事，也做了件我最樂意的事。否則，那才是我的終生遺憾呢。」

郝鳴誠本來想說服菁菁的，他有這種自信，想不到現在竟語塞了，不知道說什麼是好了。愛情是女人的全部麼？這使他想到某些地方的人藉著信仰的力量能在熊熊烈火上跳舞的原因了。他沉默了一會兒，忽然想起什麼似的，起身就走，連禮貌上應該跟菁菁打個招呼也沒有。

他回去之後，決定要使林漢傑打銷婚期，最起碼也得延長婚期。他覺得一個人既然已經完了，沒有理由再叫另一個人也跟著陪葬。及至他與林漢傑面對面的時候，卻又不知道怎麼說是好了。他的心裡被一種無法形容的矛盾與悲哀緊壓著；壓得使他幾乎窒息了。

「嗚誠，現在我決定打銷我原先的計劃了。」沒待他開口，林漢傑突然的跟他說。

他吃驚的抬起頭來，怎麼？難道他已經知道了一切了麼？他的心裡的悲哀在逐漸的加深。怎能不使人悲哀呢？原本是個喜劇的，現在卻變成這種結局了！

「咦？」

林漢傑的眼睛發亮，神采飛揚的說：

「我想了又想，想了又想；菁菁對我那樣真執，那樣專一，因此，我也應該替她設想一下，否則，我就未免太自私了。」

「嗯——哼。」

「你可以當總經理了。」

他不解的望著林漢傑，答不上話了。

林漢傑坐了下來。

「我準備答應菁菁的要求；接辦工廠。」

「唔！」

「另一個原因是，使老大那班人也都能有個職業。」

接著，他又興高采烈的告訴郝鳴誠接辦工廠後的種種計劃。待他說完之後，才發現郝鳴誠的態度不僅沒有他預想中那麼興奮，而且表現得那麼淡薄，那麼冷漠。他奇怪的問：

「怎麼，你不樂意麼？」

這該怎麼說呢？這該怎麼說呢？郝鳴誠煩躁的不知道怎麼是好了。他想：人生真是不可理解，沒有常理，甚至連個基線也沒有。

他接著又說：「你不是學的工商管理嗎？你不是親口答應過我的嗎？」

「啊！我在想，」他吞吞吐吐的說；「一對原來是非常美滿的婚姻，如果當中一人患了不治之症，那該怎麼辦呢？」

「你是說菁菁患了不治之症嗎？」林漢傑突的站了起來。

郝鳴誠覺得現在該向他說實話的時候了，可是話到了嘴邊又變了：

「不是不是，你不用緊張，我說的是我一位朋友。」他似乎不能不這樣撒謊了。

林漢傑重新坐了下來。

「真正的愛情是不會想到任何利害得失的。」

「以後也不會後悔嗎？」

「如果違反了情感的自然發展，那就要遺恨終生了。」他答得很坦然，很堅定。

郝鳴誠幾乎要哭出來了，為了不知道怎樣才能把心裡的感受在不傷害對方的情況下表達出來，急得坐也不是，站也不是。像是一個不會游泳的人，眼看著一位好友即將溺斃那樣。最後，他終於又去找到了菁菁。

「有事情嗎？」一見面菁菁就問。

「我想起了一件事，」他說：「妳不是說漢傑的生命只有幾天了嗎？」

她點點頭。

他接著又說：

「他最近的身體看來越來越好呢，一點徵兆也沒有，這種病難道沒有一點例外的麼？」

她悲愴的搖搖頭，悲愴的說：

「這是種絕症，而且發現得太遲了。」

「走，我們到醫院看看去。」

她幽幽的說，聲音平靜得驚人，比哭泣還要讓人膽寒。

「看什麼呢？」

「找那位大夫，告訴他漢傑目前的狀況，看看是否會有個例外的希望。」

她嘆了口氣，站了起來。

「只不過希望不大罷了。」

他們到了惠民醫院，迎面就碰上那位他們要找的大夫了。不待他們開口，大夫就跟身旁的護士說：「林先生的家屬來了。」

「怎麼樣？」菁菁問。

「很抱歉，我們已經盡了最大的努力了。」大夫很感慨的說。

「奇怪，」郝鳴誠說：「我們剛剛出來時，他還在家中很好的呀。」

「剛剛？」大夫詫異地望著他們：「很好？」

「嗯，健朗得像陽光一樣。」

「他是一直住在醫院裡，怎麼剛剛還在家中？」護士說。

「你說的那位林先生的名字是？」郝鳴誠問

「林恒。」

「哦！」菁菁失聲的叫了起來

「我的天！」郝鳴誠拍著腦袋：「我的天！」

「怎麼啦？」大夫睜著一雙懷疑的眼睛。

「你弄錯了，我不是那位林恒的家屬。」

「妳是？」
「我是一個月前來此地急診的那位林漢傑林先生的朋友。」
「林漢傑？」
「是的。」菁菁說：「那天我在急診室門前等消息，你一出來，就把我叫到辦公室，告訴我林先生患了胃癌，只有兩個月的限期，害得我到現在都沒有一夜睡好覺過。」
「他現在人呢？」
「在家裡。」
「身體怎樣？」
「很好，一切正常。」
「哪還來這裡做什麼？」
「因為我一直以為他患了胃癌，兩個月的限期到了，所以來看看——」
「這真是天大的誤會！」大夫也拍著腦袋說：「這真是天大的誤會！」
他們欣喜若狂，不知怎樣來表示那種過度悲哀後的驚喜與安慰。出了醫院，雲消霧散，菁菁第一次從內心裡發出了歡笑。
在路上，郝鳴誠說：
「菁菁！以往我一直以為漢傑很偉大，而現在，我覺得我的這種看法要修正了。」

「你的意思是？」

「真正偉大的是妳！」

「如果說我真的偉大，還是歸功於漢傑。」菁菁說：「因為他曾經跟我說過這樣的話：『愛是一種永恆的東西，也是人類在世上唯一能具備的真正不朽的東西』。」

他們走到十字路口，郝鳴誠問：

「現在去哪？」

「去看漢傑，」菁菁笑著說：「讓他罵一頓，出出氣呀。」

「漢傑去看新房了，妳先去試禮服，晚上再去吧。」

「也好，」她跟他擺擺手：「再見。」

郝鳴誠在回去的途中想：當我把這些「事實真相」說給漢傑聽了之後，以後他再責備菁菁的話，我非要揍他一頓不可了。

他邁開大步，跳躍在陽光裡，他想起漢傑得意時的那種形態，自己也不自覺的吹起口哨來了。

後記

這本書是四篇中、短篇小說湊成的，第一篇〈綠苗〉，顧名思義，是象徵一片欣欣向榮的景象，事實上的確如此。它的成長，給大地美化了，也給人們帶來喜悅與希望。

〈遲暮〉是一位小學女老師與空軍飛行員的戀愛過程，彼此心心相印，創造了一個非常溫馨感人的故事。結果為了一份母愛，在「得失」之間，她扮演了「接近上帝」的角色；點出了人間大愛的光輝。

〈雷堡風雲〉的篇名，就強烈暗示出一幕驚天動地的大作為，取材於中日戰爭。雖然沒有《最長的一日》壯觀，沒有《諾曼第登陸》氣勢，但確彰顯出另一面令人「驚艷」的「風雲」。〈雷〉文在《新文藝》分上下兩期刊出。上期刊出時，任真兄立即寫信要我在這場戰爭結束後，〈雷〉文同時結束。並言詞懇切的叮嚀我文中的男女主角千萬不能傷亡。他說他被他（她）們感動了，我卻被他感動了。

〈春釀〉是春天釀的酒，甘醇、甜美；在齒舌之間生津、漫漾、放縱、醉人！

這篇小說的內涵就是這樣。以上這段話是任真說的，書名也是他題的，我們結交四十多年，他第一次這樣「誇」我，我看了面紅耳赤。

本來我不打算寫什麼前言、後記的，我也知道藏拙。因為出版社給我一張表，其中有一欄要我寫點「書中內容簡介」，我是受命應卯，是為後記。

釀小說75　PG1444

春釀
──陳司亞中短篇小說集

作　　者	陳司亞
責任編輯	李書豪、辛秉學
圖文排版	周政緯
封面設計	楊廣榕
封面題字	任　真

出版策劃	釀出版
製作發行	秀威資訊科技股份有限公司 114 台北市內湖區瑞光路76巷65號1樓 電話：+886-2-2796-3638　傳真：+886-2-2796-1377 服務信箱：service@showwe.com.tw http://www.showwe.com.tw
郵政劃撥	19563868　戶名：秀威資訊科技股份有限公司
展售門市	國家書店【松江門市】 104 台北市中山區松江路209號1樓 電話：+886-2-2518-0207　傳真：+886-2-2518-0778
網路訂購	秀威網路書店：http://www.bodbooks.com.tw 國家網路書店：http://www.govbooks.com.tw
法律顧問	毛國樑　律師
總 經 銷	聯合發行股份有限公司 231新北市新店區寶橋路235巷6弄6號4F 電話：+886-2-2917-8022　傳真：+886-2-2915-6275

出版日期	2016年2月　BOD一版
定　　價	360元

Printed in Taiwan

國家圖書館出版品預行編目

春釀 : 陳司亞中短篇小說集 / 陳司亞著. -- 一版. -- 臺北市 : 釀出版, 2016.02
面 ;　公分. -- (釀小說 ; 75)
BOD版
ISBN 978-986-445-082-4(平裝)

857.63　　104027568

讀者回函卡

感謝您購買本書，為提升服務品質，請填妥以下資料，將讀者回函卡直接寄回或傳真本公司，收到您的寶貴意見後，我們會收藏記錄及檢討，謝謝！

如您需要了解本公司最新出版書目、購書優惠或企劃活動，歡迎您上網查詢或下載相關資料：http:// www.showwe.com.tw

您購買的書名：____________________

出生日期：________年________月________日

學歷：□高中（含）以下　□大專　□研究所（含）以上

職業：□製造業　□金融業　□資訊業　□軍警　□傳播業　□自由業

□服務業　□公務員　□教職　□學生　□家管　□其它_____

購書地點：□網路書店　□實體書店　□書展　□郵購　□贈閱　□其他

您從何得知本書的消息？

□網路書店　□實體書店　□網路搜尋　□電子報　□書訊　□雜誌

□傳播媒體　□親友推薦　□網站推薦　□部落格　□其他__________

您對本書的評價：（請填代號　1.非常滿意　2.滿意　3.尚可　4.再改進）

封面設計____　版面編排____　內容____　文／譯筆____　價格____

讀完書後您覺得：

□很有收穫　□有收穫　□收穫不多　□沒收穫

對我們的建議：____________________

____

____

____

請貼
郵票

11466
台北市內湖區瑞光路 76 巷 65 號 1 樓
秀威資訊科技股份有限公司 收
BOD 數位出版事業部

(請沿線對折寄回，謝謝！)

姓　　名：＿＿＿＿＿＿＿＿　年齡：＿＿＿＿　性別：□女　□男

郵遞區號：□□□□□

地　　址：＿＿＿＿＿＿＿＿＿＿＿＿＿＿＿＿

聯絡電話：(日) ＿＿＿＿＿＿＿＿ (夜) ＿＿＿＿＿＿＿＿

E-mail：＿＿＿＿＿＿＿＿＿＿＿＿＿＿＿＿